皆川博子随筆精華
書物の森を旅して

皆川博子
日下三蔵 編

河出書房新社

皆川博子随筆精華　書物の森を旅して

目次

第一部　幻の処女作　009

第三部　暗合の旅 213

皆川博子随筆精華
書物の森を旅して

装画　新倉章子
装丁　柳川貴代

第一部
幻の処女作

少女のビルドゥングス・ロマン

さくら、遊女屋、江戸歌舞伎。

『恋紅』（三月、新潮社刊）の、三本の柱といえる素材である。どれも、華やかであると同時に、哀しい陰翳を持つ。

江戸の芝居小屋は、公認されているのは猿若町の三座だけで、その他は、みすぼらしい掛け小屋しか許されなかった。

両国橋の袂にも、掛け小屋が三つあり、そのなかに、大道飴売りあがりの三人兄弟が人気を得ている小屋があった。富田角蔵、福之助、金太郎と、名前も文献に残っている。

明治維新後、十座まで公許されることになり、両国の三つの掛け小屋もそれぞれ中心地に進出し、常打ちの劇場として、華々しく櫓を上げたのだが、その時点で、三人兄弟は消えてしまっている。〈喜昇座〉の櫓を上げた座元は、名のある歌舞伎役者を揃え、出自の低い三人兄弟は、放り出されたわけだ。（この〈喜昇座〉は、現在の〈明治座〉の前身である。）

わたしが心を惹かれたのは、この、劇場史ではほんの二、三行でかたづけられている三人兄弟である。

一昨年、『壁――旅芝居殺人事件』（白水社刊）を書き下ろしたとき、取材のために、何人かの旅役者さんに会っている。そのときの印象が、三人兄弟に重なった。もちろん、現在では、大衆演劇と名も変わり、皆、定住の家を持ち、放浪の旅役者は死語になってはいるのだが。

その取材中、明治生まれの郷土史家に、子供のころ、旅芝居の訪れをどれほど待ちこがれたかという思い出をきいた。宇和島の岬の突端にある漁村では、島々をめぐりながら、沖から舟で漕ぎ寄せてくる役者の一団を、浜辺に村人が総出で出迎えるというのであった。きらめく波や、色褪せてはいるけれど華やいだ衣裳をつけた役者をのせた小舟が、わたしの目にも、くっきり視えた。

そうして、さくら。

いま、東日本でさくらというと、染井吉野がほとんどだが、これは、幕末に、染井の植木職人が改良して作り出したものなのだそうだ。

その植木職人たちは、春三月（旧暦）、吉原に大量のさくらの樹をはこびこみ、仲之町にさくら並木を作る。花の時が終わると、樹々はひきぬかれ、はこび去られる。

この話も、わたしの心に残っていた。

両国の盛り場に、寂寥感に心をわしづかみにされた幼い女の子が佇んでいる情景が、ふいに視えてきた。

そのときから、『恋紅』の物語は、動きはじめた。女の子は、遊女屋の娘である。遊女屋と放浪の役者の世界が、対比的であることに、書きながら気づいた。一方は束縛する者とされる者の関係で成り立ち、他方は根生い(ねお)の地を持たぬ漂泊の人々である。縛り縛られることの無惨を幼くして自覚させられた少女の、ビルドゥングス・ロマンが、いつか、育ちはじめていた。

『波』一九八六年三月

幻の処女作

子供のころは、探偵小説をとりたてて愛好したわけではない。ポオは、黄金虫よりアッシャア家の方にはるかに惹かれたし、ホームズのシリーズも小豆色の『世界大衆文学全集』の一冊として読んだけれど、他にもっとおもしろい本はいっぱいあった。

戦後、一時期、探偵小説に耽溺した。早川からポケット・ミステリが続々と刊行され、探偵小説専門誌『宝石』が発行されたころだ。ただもう、〈意外な犯人〉がおもしろくて読んでいた。今とちがって、探偵が犯人だったり、被害者が犯人だったりという、その一つ一つの種明かしが目新しくショッキングだったのだ。

素人探偵が、最後にいばりくさった警察のはなをあかすのも、小気味よく、それゆえ私は、警察が組織の力を結集して犯人をあげるのはあたりまえ、少しもミステリアスではないと、かたくなに思いこみ、警察小説にはいまだに興味が持てないのだ。

読んでいると、一つは書いてみたくなる。社会派全盛がつづいていた。社会派に背をむけて、ひたすらおもしろいだけのミステリを書いてみたいなと、おこがましくも思い、「ジャン・シーズの冒険」なる一篇をものして江戸川乱歩賞に応募してしまった。これが最終候補に残ったのがきっかけで（受賞は和久峻三氏）、小説現代新人賞に応募をすすめられ、こっちが受賞した。ミステリ処女作は幻となった。

いまは、趣向を凝らした妖（あや）しく美しい、日常と訣別した奢侈（おごり）をきわめた物語を書きたいと切望しながら、力足りず……。

「ミステリー処女作の頃」『小説新潮』一九八六年八月臨時増刊

マドレーヌのひとかけら

拝復　編集者さま。

〈ブラウン神父と私〉というテーマでコラムを書くようにという御手紙、ありがとうございました。

お手紙を読んだとたんに、なぜでしょう、私の眼に浮かんだのは、緑色の、胴体が丸くふくらんだ路面電車——ご存じかしら、今はもうなくなってしまった、玉電——だの、三軒茶屋の薄暗い古本屋だの、畳の上に一面に敷きつめられた新聞紙、その上に撒き散らされた粟粒、ついばんでいるヒヨコ、それから、広縁で背を丸め、月遅れの雑誌に読みふけっている、年は若いけれどあまりいきのよくない女——つまり、かつての私——などでした。古本屋に特有のにおいも、鼻先をかすめたのでした。

そして、思い出しました。ブラウン神父の登場する短篇をはじめて読んだのは、三軒茶屋の古本屋で買った探偵小説の専門誌『宝石』でだったっけ。

三十何年前になるかしら。時間はたっぷりあるけれどお金はない暮らしをしていました。昼間はひとりきりで、話し相手もいないのでした。六畳が三部屋と四畳半という、広さだけはゆとりのある家のなかで、買物の景品にもらったヒヨコを走りまわらせて遊んでいました。住んでいた場所は、世田谷のはずれの瀬田。いまは用賀のインターにも近く環八が通り、にぎやかなのですけれど、そのころは、畠と空地ばかりでした。

玉電に乗って三軒茶屋まで出て、佝僂の若い男の人が店番をしている古本屋で一月か二月か遅れの『宝石』を買い、読んでしまうとその店に持っていって売り、少しお金を足して、ほかのを買いました。

紙の一端が妙な形に切れていることが、神父が真相を発見する手がかりになるという話でした、私がはじめて読んだのは。

記憶ちがいかもしれませんが、挿絵は松野一夫さんではなかったかと思います。

ところで、その短篇を読んだとき、ブラウン神父とフランボウを、もっとずっと前から知っていたような気がしたのです。

そんなはずはないのでした。その以前、というと、私が小さい子供のときですけれど、そのころ読んだ外国の探偵小説は、小豆色の小型の『世界大衆文学全集』におさめられたルコック探偵や例のホームズなどで、ブラウン神父物は、その全集には入っていませんでした。

デジャヴュの原因は、小さい子供のとき見た絵本です。キンダーブックだったかしら。ころころと丸い、ちびの神父さんと、のっぽのお弟子の絵が描いてあって、短い童謡もついていたのです。
その神父さんの風貌は、文章であらわせば、〈顔は、ノーフォークの団子そっくりにまんまるで、間が抜けており、眼は北海のごとくにうつろで、持ち物であるいくつかの茶色の紙包みをまとめておくこともできぬ御仁〉。そうしてお弟子の方は、〈フランボウがいかに変装の技術に長けていようとも、一つの特徴だけはどうしても隠せなかった。ずばぬけて背の高いことがそれである〉という文章にぴったりでした。(引用は、創元推理文庫・中村保男訳『ブラウン神父の童心』「青い十字架」によります。)

童謡の詞は忘れましたが、のんき者の神父さんとお弟子が旅をしている、神父さんは、自分の行先がどこだかわからなくて、お弟子の方がおろおろしている、というような内容だったと思います。〈フラテ・マッセオそのお弟子〉という一句だけ、おぼえています。お弟子の名前がフラテ・マッセオで、フランボウではないのだから、神父さんもこの童謡も、ブラウン神父とは関係ないのですけれど、清水邦夫さんの戯曲の題名をもじれば、ブラウン神父は私にとって、〈あらかじめあらわれた変人〉なのです。清水さんの〈あらかじめ失われた恋人たちよ〉は、何かの詩からとったものだそうですが、詩人の名は忘れました。

物語を読む前に、ブラウン神父は、子供の私にそのイメージを定着させていたのでした。

その後、有名な「見えない男」だの、「神の鉄槌」だの、「折れた剣」だのに接したのですが、ブラウン神父の登場する短篇は、どれも、静かで淡い憂愁と、皮肉な淡い苦さを果肉にした叡智の種子といった印象が残っています。

お手紙は、マドレーヌの一片のように、遠い日々をよみがえらせてくれました。
たのしい一冊ができますように。

井上ひさし編『「ブラウン神父」ブック』春秋社、一九八六年十月

懐旧のクリスティー

倖（しあわ）せな、無知な読者だった。ハヤカワ・ポケット・ミステリによって、クリスティー、クイーン、カーなどがたてつづけに翻訳紹介されていたあの頃。

……というふうに、懐古的になってしまうから、クリスティーについて書くのは、あまり気が進まないのだ。言うなれば、長島が活躍していた頃の野球はおもしろかったよな、と野球ファンのおじさんが慨嘆するような……。

本が野球と違うのは、クリスティーの諸作は、書店の棚に文庫本がずらりと揃っており、今でもみずみずしく読めるという事なのだけれど、それでも、今の読者は不幸な事に、クリスティーにすでに一つの先入観を与えられてしまっている。

トリックや犯人の意外性についても、「探偵が犯人？　信じられない！　凄い！」と叫ぶほど、今の読者は初心（うぶ）ではない。

探偵が犯人。被害者が犯人。ワトソン役が犯人。絶対犯人ではあり得ないような子供が犯人。

遠隔殺人。孤島に集められた人間が全員殺されてしまった。不在なのに、厳然と存在する犯人。

これらのすべてが新鮮な、鮮烈な驚きであり得た時代、素直に無邪気に驚いていられた。その驚きをわたしに与えてくれたのが、クリスティー、カー、クイーンの、当時の御三家であった。カーは翻訳のぎごちなさもあって、ずいぶん読みにくかったのだけれど、それでもなお、新刊が出れば手にせずにはいられなかった。あのころの探偵小説の持つ一種のくさみは、悪口を言おうと思えばいくらでも言える。

名探偵というけれど、殺人が幾つも起きるのを手をつかねて見過ごすばかりで、最後になって、始めから犯人はわかっていた、みたいな大見得をきったり、関係者全員を一堂に集めたところで、芝居がかりに犯人を指摘したり。

しかし、このくさみが、他の分野にはないたのしさでもあった。

くさいたのしさを、しっかりわたしに教えこんだのが、前記御三家であったので、わたしは、探偵小説の醍醐味といえば不可能犯罪と犯人の意外性、――そして一種きらびやかな人工世界、という思い込みが強くなり過ぎ、ハードボイルドも警察小説もアドヴェンチュアもすべて興味の外という、狭量な読者になってしまった。まして、社会派は論外だ。

探偵小説がその純粋性を保ち得ないのは当然で、作風も変われば読者の求めるところも変わってきているようだ。それにもかかわらず、クリスティーの居場所がゆるがないのは、なぜだろう。さすがのクリスティーも、後年はずいぶんつまらない作が多いのだけれど……初期から中期にかけての作は、探偵小説にかけてはすれっからしとなった今でも、けっこう面白い。今でも、クリスティーによってミステリのたのしさを知ったという読者もかなりいるようだ。

あのころだって、読みながら、あれ、ちょっとずるいな、と思ってはいた。たとえば、ミス・マープルだ。セント・メアリー・ミード村の誰それを、すぐひきあいに出す。Aはミード村の某々に似ているから、みかけはこうだけれど実はこうなのだと、わたしは思っていましたよ。

ミード村の某々をこっちは知らないのだもの。

と、ぶつくさ言いながらも、探偵小説ってそういうものなのだ、と、自分を納得させてしまうのである。

たいそう明朗快活な人物として描写されている青年が、実は殺人犯！

クリスティーは、よくこの手を使う。

しかたないのだ。探偵小説なんだから。

そのかわり、アンフェアにならないよう、誰かの主観的な視点を通して、描写していた……と思う。

クリスティーは、やはり、巨人長島と似たような存在だ。読者の個人的な好き嫌いはあるし、難癖をつけようと思えばいくらでもつけられるけれど、ポピュラーな人気と、みごとな実績は、ゆるぎようがない。（因に、私の御贔屓は、ボアロー＝ナルスジャックとヘレン・マクロイです。）

「アガサ・クリスティー」『ユリイカ』一九八八年一月

「おもしろさ」

――わたしにとっては……

冒険・活劇・大ロマンという命題を与えられ、いささか困惑している。読み手として、私はきわめて偏狭であり、ジャンルによる分類には興味がないからだ。小説とかぎらず、絵画、音楽、すべてのフィールドを通じて、自動的に一つの篩(ふるい)が働き、網の目に残ったわずかな砂金を大切にしている。

篩は、私自身の〈気質〉である。幸い、私は批評家ではないから、この我儘贅沢な選択は、世に何の害も影響も及ぼさない。

偏愛の作品は、シュルレアリスムと呼ばれるものに多いが、それにしても、ゴンブロヴィッチは抜け落ち、シュルツは掌中の珠と残り、ヤーン、ドノソは溺愛してもボルヘスはすべり落ち、リアリズムの極北にあるヴェルガが至宝の一つとなるという気ままぶりである。

特集の主旨は、胸おどる物語のおもしろさを説き、その血を児童文学に注入する、ということにあるのだろうか。

ところが、おもしろさイコール冒険活劇大ロマンという発想は、私には欠けている。『十五少年漂流記』と、ウィリアム・ゴールディングの『蝿の王』は、どちらも少年たちの孤島漂着を素材にしている。

どちらがおもしろいか。これはもう、比較にならぬほど、『蝿の王』の方である——わたしにとっては——。

ゴールディングは明らかに舞台設定を『十五少年漂流記』に借りているが、作りあげられた世界の深さ、人間存在の本質を衝くおそろしさ、それによってもたらされるおもしろさは、冒険小説のそれとは異質のものである。

アイリス・マードックの『ユニコーン』は、ゴシック・ロマン風な作りを持っている。世間から隔絶された古い館、幽閉された美女。ゴシック・ロマンにつきものの道具立てだが、この小説のおもしろさは、道具立ての更に奥にある。

たくましい構成、奔放な奇想は、もちろん、おもしろさの大きな武器だが、わたしにとってのおもしろさは、それに加わる何かが必要で、その〈何か〉が何にもまして必須の条件であるようだ。

山田風太郎の諸作が気むずかしい読者をも魅了するのは、人間洞察の目の苦さ、したたかさが根底にあるからだ。

少女まんがには、たくましさ、奔放さ、緻密な構成に、耽美性を加えた傑作、山岸凉子の『日出処の天子』があり、一方に、鋭い内向のベクトルを持つ高野文子の『ふとん』や『田辺のつる』がある。大ロマンである前者と数ページの小品である後者が、私のなかでは等価である。

どちらも、〈児童文学〉が切り捨てたものによって、おもしろくなっている。

この最後のところをもっと強調したいのだが、制限紙数を超えた。尻切れとんぼにＦＩＮ。


「冒険・活劇・大ロマン」『日本児童文学』一九八三年十一月

『酩酊船』

青春と言う時期が、十六、七から二十一、二のころを指すのなら、新鮮な驚きと喜びを与えてくれる〈本〉とのめぐりあいは、もっとも貧しい期間であった。

出版物の乏しい敗戦後が、その時期と重なり合う。

目にする活字本がほとんどすべて面白く、心に沁みこみ、ほかのことはうっちゃらかして、ひたすら本の虫で過ごしたのは、小学生から旧制女学校の二年、年でいえば、十三、四のころまでで、その後数年、本に飢えながら、手に入らないという時代が続いた。

子供のころあまり貪欲に読みふけったおかげで、理解力の進んだころに、新たに読む本が身辺に見当たらなくなってしまった。不倖せというべきか。

子供のころ雑多に読んだ本は忘れがたいものが多いが、なかでもピランデルロの『作者を探す六人の登場人物』は、初めて出会った前衛劇で、もちろん、十やそこらの子供は、前衛という言葉も知らなかったけれど、迷路のなかを引き回されるような陶酔感に酔った。一から十まで説明されたものは面白くない、と感じるようになったのは、この体験のせいか、それとも、そういう気質に生まれついたのか、たぶん、後者だろう。

フランスの新しい現代文学として、四、五冊のシリーズが、親類の家にあった。戦前の、〈新しい〉である。アンドレ・マルローの『王道』と、ジュリアン・グリーンの『閉された庭』があったのをおぼえている。『王道』は、小学生の女の子には固すぎた。しかし、閉鎖的な少女の心の葛藤をモチーフとした『閉された庭』は、その後、長く、わたしの〈好きな本〉のひとつとなった。我が家のものではないから、手もとにおくわけにはいかない。読み返すこともできず、歳月が過ぎた。

同じ版の本をもう一度手にすることができたのは、十数年前である。知人が大学の図書館から借りてきてくれた。読み直して、こんなに暗鬱(あんうつ)な物語だったのかと、いささか驚いた。読み終わったとき、頭を押さえつけられるような感覚が残った。抑圧された少女の心理によほど共感をおぼえたのだったろうか。

その後、人文書院から、J・グリーンの全集が出、愛読した。『閉された庭』は、原題の『アドリエンヌ・ムジュラ』のままで、訳出された。主人公の少女の名前である。しかし、『閉された庭』というタイトルは、この物語の内容を的確にあらわしている。同じグリーンでも、グレアムのほうは一向興味が持てないままである。

敗戦後、好きな本にぶつかりたくて、神田を歩きまわった。新刊書が少ないから、古書を探すほかはない。古びた紙のにおいは、いまでも、なにより、くつろがせてくれる。ランボオの『酩酊船』は、下北沢の本屋で入手した。小林秀雄訳のその一冊は、手放せないものになった。

　この訳書によって、ランボオの魅力にとりつかれた人は、同年代に多いのではないだろうか。清水邦夫さんが、『ぼくらが非情の大河をくだる時』と、戯曲のタイトルにしておられるし、司修さんもエッセイで言及しておられたと思う。

　わたしも、この詩がまるで、わたしひとりのもののように、感じた。

　後に、幾つかの訳が出たが、最初に触れた小林秀雄訳が、わたしには、絶対で、他の訳では、別の作品のように感じられる。

　おそらく、ランボオにふさわしいのは、その後に出た軽快な訳であって、〈われ非情の河より河を下りしが〉と、朗々と始まる小林訳は、ワグナーかマーラーのようで、重すぎるのかもしれない。だが、もし、もっとかろやかな訳に最初に接していたら、これほど心奪われはしなかっただろう。後に、ランボオがこの詩を一度も海を見ることなくつくったと知って、嬉しかった。現実の海を見ないから、描けた海なのだ。

（戦後の何年かは、書物より、映画から受ける刺激の方が強かったようだ。早朝割り引きを利用して、朝のうちから映画館に入りこみ、好きな場面が一つでもあれば、そこを見返すために座席に坐りっぱなしで二度でも三度でもくり返し、あるいは、夕方まで映画の梯子をし、見逃したのを見るために場末の三流館まで追いかけ、映画を見るのは不良という風潮が残っていたころだから、うしろめたさにいつもつきまとわれていた。）

　海外の新しい作がふたたび紹介され始め、国内の作家の活動も活発になり、一時期の飢えはとうに満たされたが、〈想へばまこと哭きしわれ来る曙は胸抉り／月はむごたらし太陽は苦し〉と、今も時折、唇にのぼるとき、胸苦しいような懐かしさをおぼえる。

あのころのように、素直に陶酔感に浸りきるには、わたし自身が甲羅が固くなりすぎたようだ。

「青春の一冊」『別册文藝春秋』一九八九年七月

ドジから始まった

電車の中で、突然、気がついて、うろたえた。

名前が思い出せない。

講談社の、『小説現代』の××ですが、と電話がかかってきたのが数日前で、話したいことがあるから、社に来てください、と言われた。

それより二、三ヵ月前だったと思う。乱歩賞に応募したミステリが最終候補に残るという、わたしにとっての事件があった。

そのころは社会派が全盛。

クイーン、カー、クリスティアナ・ブランド、パット・マガー、マーガレット・ミラー、ボアロー＝ナルスジャック、横溝正史などによってミステリに目覚めさせられたわたしには、社会派はあじけなかった。まだ『幻影城』もなかったころだ。

〈ミステリ〉は、〈小説〉とは別のもの、と、わたしは思っていた。

読者としても、書く上からも。

〈小説〉は、わたしには、読むものであって、自分が書き手になるということは、望むのもおこがましいことであった。

ミステリは、書く場合、型から入っていけるという安易さがある。そのため、わたしは、愚かにも、小説は書けないけれどミステリなら一つは書けると、それこそ安易な誤解を持ってしまったのだった。

子供のころから活字はめちゃ読みしてきたが、知らない世界に連れていってくれるから楽しいので、自分で書ける程度のものなら、こうまでとり憑(つ)かれはしない、と、思っていた。子供向きに書かれた生活童話は読む気にもならず、大人の小説のほうがはるかに面白かったのは、知らない大人の世界に参入できるからであり、異国の小説が面白いのは、それがどれほどリアルに書かれていても、やはり異界であるからだった。とりわけ露西亜(ロシア)の小説が好みに合ったのは、異界でありながら、身の回りの日常世界よりよほどわたしには〈ほんとう〉と感じられたからだろう。

ミステリが最終候補になる前に、もうひとつ事件があった。少年を主人公にした作品が、出版されることになっていた。……と話はどんどん溯(さかのぼ)る。

さらにその七、八年前、少年を主人公にした物語を、講談社の児童作品募集に応募し、佳作になったことがある。これが、処女作だろう。正賞にならなかったのだから、才能はないんだ、とあっさりあきらめていた。

その後、学研の募集に応募し、これは受賞した。ところが本になる前に、出版社のつごうでぽしゃってしまった。

弟の友人が、偕成社に紹介してくれた。書いたものがあったらみせるようにと言われたが、何もないので、前に講談社で佳作になったのを渡した。編集者から欠点を指摘され、全面的に改稿した。

それが本になると決まったころ、乱歩賞の発表があったのだ。

で、『小説現代』の編集者からの電話である。

もしかしたら、ミステリの短篇を書けとでもいわれるのかな。だとしたら、困ったな。乱歩賞は落ちてほっとしていたのだった。なぜかというと、当時受賞者は、正月の推理作家協会の懇親会で、犯人当ての出題を義務づけられていた。一つ書くのが精一杯というところだ。ミステリの鬼のようなかたたちを相手取って犯人当てなど、書けるわけがない。トリックは苦手なのだ。候補作が落ちたのも、トリックが不自然という理由によるくらいだ。短篇ミステリなど、いきなり言われてもとても書けない。

などと、思いながら電車にのっているとき、編集者の名をど忘れしたことに気づき、愕然としたのだった。

それでなくても対人恐怖症の気がある。

どうしよう、どうしようと、おろおろしながら厳しい社屋の受付の前に立ったとたんに、奇跡的に名を思い出した。

長身の編集者があらわれ、近くの喫茶店に連れていかれた。

そうして、『小説現代』では新人賞を募集している。それに応募してごらんなさい、と命じられた。

乱歩賞は、講談社が主催している。選考会には、『小説現代』の編集長も同席する。選考委員のひとりである南條範夫先生が、普通の小説が書けそうだから、書かせてみろと、編集長にすすめられたのだそうだ。

とんでもない。書けません。大人の小説は書けません。

辞退したが、編集者はにこりともせず、「締切は今月の末です」

一月もない。せっかくのチャンスじゃないかな、という気もして、やみくもに書いたけれど、人に読まれるのが恥ずかしかった。

これも最終候補に残って落選。

すると、また社に呼ばれ、今度は編集長も同席で、もう一度応募するように言われた。

いま思うとこれは実にありがたいことで、こんなに新人発掘と育成に熱をこめてくださったのだと、感謝するのだけれど、そのときは、書けません、とんでもない、の一点張りだった。

「わたしは、バーもストリップも知らないし、男の人の世界を知らないし、だめです、書けません」

そのころ、中間小説誌では川上宗薫さんや宇能鴻一郎さんなどが活躍しておられたので、わたしはそのていどの認識しか持っていなかった。

何を書いてもいいのですよ、と編集長に笑われた。

少女を主人公に書いた「アルカディアの夏」が受賞し、以後、毎月一篇、短篇を提出するように言われ、おずおず書きはじめた。

「無名時代の私」『別册文藝春秋』一九九〇年七月

夢中になった禁断の読書

どうしたら、子供が本を読むようになりますか、と聞かれ、返答に困ったことがある。面白ければ、放っておいても、読む。禁止すれば、かくれて読む。もっと面白いことが他にあれば、そっちを楽しむだろう。

子供のころ、わたしはあいにく、本を読む以上の楽しみを知らなかった。

そのころの子供ならだれでも楽しむおはじきだの、お手玉だの、毬つき、縄飛び、いっさい、苦手で、むしろ苦痛だった。運動神経が皆無だったらしい。

友達の家に遊びにいっても、まず、本のあるところに入り込み、めぼしいのをさがすというふうだった。

けっして望ましいことではない。本ばかり読んでいる子供は、空想癖が嵩じ、現実嫌いになりがちで、わたしがその見本のひとりだ。

部屋の隅で、親の目をしのんで禁断の書に夢中になっていた子供時代を思い浮かべると、苦々しさがまじる。

しかし、こういう性癖の子供にとって、身近に本や画集が豊富で、ことに戯曲が多かったのは、幸いだった。

小学校一年のとき、近所のデパートの書籍売場に日参して、少年小説をまるまる一冊立ち読みした。『涙の握手』とタイトルもはっきりおぼえている。小学校三年のとき、ハウプトマンの『沈鐘』を読んだのが、大人の戯曲にふれた最初だった。

さらに、ピランデルロの『作者を探す六人の登場人物』で、前衛劇に接し、夢中になった。

小学校五、六年のころは、戯曲を読むのが何より楽しかった。

読んだ小説を戯曲のかたちに書き直してみたり、勝手なものを書いてみたり、と、ひとりで楽しんでいたけれど、小説を書くことを職業にしたいとは、思いつきもしなかった。

物語の別世界のなかにひたりこむ贅沢が、好きだったのだ。

子供のころ、将来なりたいと思ったのは、画家だった。本を読むほかに、もうひとつだけ楽しみがあり、それが、絵を描くことであった。

いま、文を書くのに、情景がくっきりと絵になって見えることがある。

筆がすすむのは、そういうときで、絵が見えない文を書くのはつらい。

エッセイが苦手なのもそのせいだ。

身の回りの日常を、鮮やかに切るという名人芸は、わたしには、不可能で、絵巻物を描くように、物語を紡ぐのが向いている。

子供のころ好きだった小説や戯曲を思いだすと、暗鬱(あんうつ)な色彩を帯びたものが多い。ジュリアン・グリーンの『閉された庭』などは、後年、読み返したら、読後、頭を押さえつけられるような重苦しさをおぼえた。

同時に、装飾的な文や絵にも惹(ひ)かれていた。

今、闇の蔭から金銀や朱がこぼれるようなものを書くのが一番楽しいのは、幼時からつちかわれたものの顕れなのだろう。

「私の文章修業」『主婦の友』一九九〇年九月

『猫とねずみ』クリスティアナ・ブランド

ハヤカワ・ポケット・ミステリ（ＨＰＭ）が刊行されはじめたとき、わたしは、実に幸せな読者だった。

何の先入観も予備知識もなく、いきなり、カーやクイーンやクリスティーに出会えたのだった。

すべてが、新鮮だった。

探偵が犯人！

被害者が犯人！

二人一役！

ただ一人を殺すために、無差別に、何人も殺す！

最後のどんでんがえし！

読むたびに驚き、その驚きを楽しんだ。

ひたすら、驚くために、騙されるために、読んでいた。

子供のころ——半世紀以上昔だ——『世界大衆文学全集』（もちろん、大人の本）というのが身近にあって、ガボリオのルコック探偵だのコリンズの月長石だのホームズ物だのポオの黄金虫だの、探偵小説にも接してはいたのだけれど、乱読の中の一ジャンルというだけで、特に好きというわけではなかった。二十代になって出現したＨＰＭによって、中毒した。

私にとって楽しめるミステリは、本格と変格の二種類だけ。変格という言い方は、最近ではなくなったけれど、幻想、怪奇、乱歩先生が名づけた奇妙な味、などを指す。ミステリに関しては、偏屈で偏狭な読者でもあった。

それ以外の興趣は、ミステリ以外の本でみたせばよかった。

二十代当時は、時間はあるけれどお金がないという状態だったから、新刊が出るたびに買う余裕はなくて、貸本屋通いをして読みふけった。

数多いポケット・ミステリの中から、ただ一冊のお気に入りをあげるのはむずかしい。

カー、クイーン、クリスティーの他に、面白く読んだのは、ボアロー＝ナルスジャックとクリスティアナ・ブランド。

ボアロー＝ナルスジャックのグランギニョール風の残酷さが、好きだった。

文章もこっくりしていて（翻訳で読むのだから偉そうなことは言えないけれど）陶酔感があった。でも、創元文庫で読んだのが多いので、これは、はずし、二度読み返す気にはならないが、読んでいるあいだ夢中だった一冊として、クリスティアナ・ブランドの『猫とねずみ』をあげよう。

どんでん返しと意外性の繰り返しだけで読ませるのだから、再読三読にはたえないけれど、ミステリは、贅沢な花火のように、ただ一度だけ堪能する一冊であってもよい、と、思っている。もう一冊、同作者の『自宅にて急逝』を、しのびこませてしまおう。これは、自分が犯人ではないかと脅える少年が、わたし好みだったので。

「ポケミス、この一冊」『ミステリマガジン』一九九三年十月

魔界を飛翔する甘い毒塗りの矢

――何といっても赤江瀑

『花曝れ首』『絃歌恐れ野』『春喪祭』……タイトルをアトランダムに思い浮かべるだけで、濃密な香りがただよい、身辺は華やかな闇に包まれる。

赤江瀑の作品をいくつか読んだあと、京都をおとずれたことがある。化野に近い竹藪を歩いていたときだったろうか、私は不思議な竹の葉叢のささやきを聴いた。周囲に大勢の観光客がいたのに、そのざわめきは消え失せて、静謐な空間にひとり佇み、竹の葉擦れに私は意識を吸い取られていた。この感覚は、赤江瀑が――正確に言えば彼の作品が――与えてくれたものであった。〈赤江瀑〉は読んだ者の視野にうつる外界を変える。内界をも変える。作家・赤江瀑の有する希有のレンズをとおして視る特権を読者は得るからである。

赤江瀑は、泉鏡花の言葉を引いて、創作とは、空中に矢を放つようなものだという。

日常の表層をそのままなぞるだけの自然主義が跋扈した近代において、言葉の綺羅のかぎりをつくし、独特の幻界を創造した泉鏡花は、自然主義の奔流にさからって棹さし、辛酸を嘗めねばならなかった。それゆえ、鏡花は叫ぶ。〈……真を写せば足ると言ふ自然主義の人々は、弓に矢を番へて的に当てることはない。矢を持って地上を這って的の所に行き、其矢を金的にブツリ刺し通せば好い〉

赤江瀑が作品を発表しはじめたころ——二十七、八年前になろうか——世は社会派が隆盛をきわめ、風俗小説も盛んに書かれていた。鏡花の言葉で言えば、矢を持って地上を這い、的に突き刺す手法である。その風潮のなかで、突如出現した赤江瀑の作品群は、まさに魔界を飛翔する、鏃に甘美な毒を塗った矢であった。矢を持って地を這う多数の人の目にはその矢はあまりに遠く高く、赤江瀑は、当初、孤高の飛翔を強いられたことと思う。

〈的〉は小説の完成を意味するのだろうが、私は〈読者〉と言い換えてみる。赤江瀑の矢を胸に受けた読者は、その矢が飛びつづけた宙空を識る。

幻想と呼ばれ、夢幻と呼ばれる世界である。真の幻想空間は、矢が翔るに苦しい域である。日常の凡庸な体験や常識にたよることなく、矢は、飛翔しうる宙空を、みずから創りつつゆかねばならない。

赤江瀑が、身を削って創る幻想空間を垣間見れば〈夏の盛りの陽曝し道を歩いていても、闇の黄泉路のおどろなかげが〉〈草間の底にさまよいでる〉のである。

『朝日新聞』一九九六年一月二十九日付朝刊

まなざしの深さと暖かさと……
——藤沢周平先生を悼む

砂にじわじわと水がしみるように、哀しみは、時の経過とともに深まるのだと、知った。

藤沢周平先生の逝去を知らされたのが、今日——二十七日——の早朝、六時半。そして、この小文をしたため始めたのが、短い冬の日が落ちつくした夕刻の六時半。おだやかな先生の俤が、瞼の裏に濃さをます。

〈おだやかな〉となにげなく書いてしまったが、修羅、葛藤、苦難を、表には出さず一身に引き受けた上でのおだやかさなのだと、お作やエッセイからうかがい知ることができる。

自伝『半生の記』に、先生がまだ若く、病気療養のため職を辞して実家に帰っておられたころ、〈兄が副業に失敗して〉借金をこしらえ、田を売ったとの話がある。

そのとき、家のうしろにある辛夷の木を、兄君が伐るところを目撃された。先生は、兄君の借金には理由があることと察していた。しかし、愛着のある辛夷に斧をいれるのを見て、思わず、咎めた。

長じて、先生は、推察する。薪を山から採るには、行き帰りに村の人の目につく。兄はそれが耐えがたく、家族のための燃料を、屋敷の木を伐って間に合わせた、と。〈そういうやり方で家長の役目を果たしていたのだとも〉

「闇の梯子」という初期の短篇に、次のような描写がある。〈四月の、眼が醒めるような碧い空に、打ち揚げたように白い辛夷の花が散らばり、弥之助の鋸がつかえるたびに、樹は微かに身顫いし、葉がためていた朝露をふりこぼした。清次にみられていることに、弥之助は気づいていなかった。〉やくざになった兄と、堅気の弟の、胸にしみるかかわりは、自伝に書かれた体験が、投影されている。

体験が、すぐれた小説に昇華されるためには、書き手の内面の深さが、必須なのだと、双方を読むことによって、私は教えられた。

先生にお目にかかったのは、公の席で一、二度あるだけだし、直接お教えを受ける機会はなかった。幸い、文庫の解説——感想文としかいえないものだったが——を二度ほど書かせていただき、おこがましいことではあるけれど、先生のお作について、講演の形で語るという機会をいただいた。先生のお作の幾つかを熟読することによって、どれほど多くを学んだことか。

プロットの巧みさと、清冽な文体は、藤沢先生の作品の大きな魅力である。

長篇『風の果て』は、藩の首席家老に無禄の男から決闘状が届けられる。どうやら二人は親しい間柄らしい。身分のへだたりはなはだしい二人が、どうして？　という謎からはじまり、家老の若い時分の回想にはいる、というミステリ的な構成をもっている。

また、文体でいえば、どの一部分を切りとっても、不用意に弛緩したところがない。たとえば壺振りがいかさまをやる場面。〈……両手が、顔の前で閃くように交錯し、壺は乾いた音を立てて鳴った〉(「賽子無宿」)

それ以上に、多くの読者のこころをとらえて離さないのは、辛夷と兄弟の例に見る、先生の持つまなざしの深さと暖かさだと、私は思う。作品に登場する冷酷、非情な人物にたいしてさえも、作者の眼は、そういう気質に生まれついてしまったことへの哀しみを持っている。でも、この深い暖かい洞察力は、理屈で学べるものではない。

小説のむこうに、藤沢先生の眼は、いつもあるのだけれど、六十九の享年はあまりに若いと悼む読者は、私だけではないと思う。

『毎日新聞』一九九七年一月二十九日付夕刊

『死の泉』を書き終えて

等身大よりさらに大きい石像の前に立ったとき、心が騒いだ。若い母親が赤ん坊に乳をふくませている姿である。戦争から半世紀を経てなお、この像は、ナチスの人種改造計画の証人として、残っていた。

ヒトラーと、その忠実な側近であるヒムラーは、ドイツ民族をすべて金髪碧眼のアーリアンに改造するという目的から、〈生命の泉(レーベンスボルン)〉という組織をつくり、女性に未婚の母となることを奨励し、血統を調べた上でレーベンスボルンの管理下にある施設に入所させて私生児を出産させ、さらに、ポーランドをはじめ占領地区からアーリアンの特徴――金髪碧眼、長身――を持った子供を強制的に拉致し収容した。この組織の存在を知ったのは、二十年あまり昔になる。一冊の邦訳書によってであった。邦訳のタイトルは『狂気の家畜人収容所』という凄まじいものだが、内容は真摯なノンフィクションで、原題を『AU NOM DE LA RACE』(種族の名において)という。いつか、この素材を物語に生かしたいと思いながら、機会がないままに時が過ぎた。

かつて『乱世玉響（らんせいたまゆら）』という物語を書いたとき、私はあとがきに〈大人は、子供にとっての宿命だ〉と記した。〈どういう時代に生まれたか。どういう親の子に生まれたか。周囲にどういう大人がいたか。それによって決定される部分は子供の生の大半をしめる……〉

戦争が子供にもたらす不条理は、時代を問わず、洋の東西をも、国籍をも問わない。このテーマで書かれた傑作に、『悪童日記』『異端の鳥』『蝿の王』、映画ならタルコフスキーの美しい『僕の村は戦場だった』がある。

一九八九年、当時『ミステリマガジン』の編集者だった竹内祐一さんから、〈ハヤカワ・ミステリワールド〉シリーズが発足するから、その一本として書き下ろし長篇を、といわれたとき、ためらいなく、レーベンスボルンを素材にえらんだ。

友人から送られてきた一巻のテープによって、カウンター・テナーの蠱惑（こわく）にみちた世界に魅せられ、陶酔していたときであった。――最近はヨッヘン・コヴァルスキーやスラヴァ、ルネ・ヤーコプスなどの来日がつづき、カウンター・テナーは多くの人に愛されるようになったが、当時はまだ知る人は少なかった。私も友人からのテープで初めて知ったのだった――。男性でありながら女性のアルトの声域まで獲得した歌手たちである。両性具有を思わせる力強く妖（あや）しい艶めかしい声。歌舞伎の女形に通底する人工の極致の魅力。カウンター・テナーの淵源は十七世紀ごろに全盛をきわめたカストラートにある。無残な処置をほどこすことなく唱法によってカストラートの声を現代によみがえらせたのが、カウンター・テナーである。

カストラートとカウンター・テナー、そしてナチスのレーベンスボルン。素材を決めると、物語の織模様が朧げながら見えてきた。

その後、連載に追われ、着手がおくれた。去年の春、ドイツに取材におもむき、かつてのレーベンスボルンをもおとずれた。そうして、戦争中の遺物である石の母子像を見たのである。建物は今は心身障害者の施設になっている。入所者も介護者も友人同士のような、たいそう明るい雰囲気で運営されていた。不思議なきらめきを放つ岩塩の坑道。ドイツで一番美しいといわれる〈王の湖〉。見てまわっているうちに、登場人物は自由に動きはじめた。

帰国して一気に書いた。ゲルマン神話とゴシック・ロマンの気配をはらんだ物語世界の中で生きているように感じた。これほど高揚して楽しく筆が進んだのは初めてだ。ドイツ人が書いた小説を野上晶(のがみあきら)という人物が翻訳したという体裁をとった。訳者の名前に悪戯を仕組んでいる。野上晶ってだれでしょう?

『新刊展望』一九九七年十二月

トマトと鳥のあいだ

朱色がかった赤——トマトの色だ——から濃いローズ色にぼかされた無地。斜めにカットされた下の部分は黄色。それを背景に、バイクでジャンプする若者のモノクロームの写真が貼りこまれている。山口はるみさんの装幀である。短篇集『トマト・ゲーム』は、少年小説をのぞけば、私の初めての単行本であった。奥付は、昭和四十九年三月三十日。その前年に『小説現代』の新人賞を受賞し、毎月短篇を書くように編集長に言われた。犬掻きもできないのに背の立たない海を、どこに向かえばいいのかもわからずに泳ぐような気分であった。編集長をはじめ編集部の方たちは新人を育てることにたいそう熱心だった。編集長と担当編集者が熱意をもってすすめてくださらなかったら、私は次作三作と書きつづけることはなかっただろう。

当時求められ評価されていたのは実体験に密着したリアリズムの小説だったが、私は社会体験はいたって乏しく、幻想と空想と妄想の入りまじったようなものしか思い浮かばず、なんとかリアリズムから逸脱しない範囲で書こうと苦労していた。それでも、年上の若い男を犬にして飼う少年とか、日常に順応できず狂った女の眼に映る生活、というような話を書いては、周囲を困惑させていた。

その後、他誌からも依頼がくるようになったが、私はあいかわらず何をどう書けばよいのかわからぬままだった。『幻想文学』のようなカルト誌が、一番私にはむいていたのかもしれない。もっとも、好きなことばかりやっていたら、筆が甘くなったかもしれないし、長い歳月書きつづけることはできなかったかもしれないが。

そのころの短篇群を、徳間書店の若い編集者と日下三蔵氏が掘り起こし、『鳥少年』のタイトルで一冊の短篇集にまとめてくださった。雑誌に載っただけで消えたと思っていた短篇がよみがえった。北見隆さんの装幀は、薄墨をはいた裾のほうは黄昏色の、レトロな雰囲気である。二冊の本のあいだにある歳月を思い返している。

「懐想」『新刊展望』二〇〇〇年一月

いつまでたっても

最初に出版された本は少年小説で、時代物だった。挿絵入りなので、私は米倉斉加年氏に描いていただけたらなあと思ったのだけれど、ほやほやの新人がそんな希望を口にできるわけもなく、いたってオーソドックスな地味な絵がついていた。

一番嬉しかったのは、編集の方から「これは本にします」と知らされたときで、後のことは、あまりおぼえていない。その前の記憶は、鮮明だ。児童書の出版社に呼ばれ、担当の編集の方から幾つかの点を指摘された。ごく簡単なことだったので、社を出てから、道端の石に腰掛けて、直した。恥ずかしがりのくせに、そのときは、通行人の目も気にならなかった。よほど昂揚していたのだろう。恥ずかしい。道端で書いたことが、ではなく、昂揚していたと記すことが、恥ずかしい。帰宅してさらに手を入れ、数日後、持参した。二、三日後に、編集の方から前記のお知らせがきたのだった。

生まれて初めて活字になった本を、編集の方から受け取ったときのことはおぼえているが、書店で確かめた記憶がない。三十年も昔——正確にいえば二十九年昔——のことだから、記憶があやふやなのは致し方ないが。本が出ても有頂点になれなかったのは、すでに若くはなかった——四十二だった——せいかもしれないし、挿絵、造本が好みとは異なるので、存分に自分を顕したといえない本になっていたためもあったのだろう。

少年を主人公にしたものを書きつづけてゆくつもりでいたが、江戸川乱歩賞に応募した長篇が最終候補に残ったのがきっかけで、中間小説誌の編集長O氏から、その雑誌の新人賞に応募するよう勧められた。当時の中間小説誌は大人の男性が読む雑誌だったから、めんくらった。書けるわけはないと思ったが、おそるおそる、少年と少女を主人公にした短篇を書いた。最終候補に残ったと聞いて、たいそう恥ずかしかった。あまりに幼い作品を選考委員の方々に読まれるのが、なんとも気恥ずかしかったのだ。その短篇は落選し、当然だと思い、少年小説に専念しようと思ったら、出版社に呼ばれ、再度応募するように言われた。書けませんと言ったが、O氏はにこにこ顔でやさしく勧めてくださり、傍らに立った若い編集の方が、怖い顔で締切日を告げた。「私、バーも飲み屋も何も知りませんから、書けません」「別にそういうものでなくていいんですよ。作品は作者の汗です」と、O氏はあくまで温厚であり、粘り強かった。私の汗なんて、読みたい人はいないだろうなと思った。

出版社からの帰り、どうしようと悩み、新宿の喫茶店でひとり半泣きになっていた。いま、こんなふうに記すのは、いやらしいとわかっているが、当時、ほんとに初(うぶ)だった。

どうにか、少女を主人公にしたものを書き、最初のときより、いっそう恥ずかしかった。これが入選したとき、喜びはほとんどなく、不安と困惑のほうが強かった。O編集長が目をかけてくださったのは、何も知らない子供の描いた絵が大人の目には新鮮にうつるようなものなのだろうと思った。素人を発掘し育てる名手と定評のあるO氏にたいして、失礼なことであった。

O編集長やその先代編集長のポリシーであったのだろう、新人賞受賞者を何としてでも一人前に育て上げようという熱意が、編集部には強かった。毎月、七、八十枚の短篇を書くように言われ、並行して、長篇の書き下ろしも命じられた。自分の名前が目次になかったら淋しいと思わなくてはいけないとハッパをかけられたが、大人の小説を書きたいと思ったことはそれまで一度もなく、ましてプロの書き手を目指す意欲もなく、犬掻きもできないのにいきなり背の立たない海に放りこまれた気分で、言われた枚数を締切日までに書くだけで精一杯、担当編集の方は、さぞ歯がゆかったことだろう。もっとも、少年小説のほうは、そのころの指導的立場にある方々から、あなたの書くものは児童文学ではない、と言われがちだったし、その方々の思想的に硬直した傾向に反撥をおぼえていたから、中間小説の荒波に揉まれながら書きつづけていなかったら、じきに潰れていたかもしれない。

翌年、雑誌発表の短篇が五本溜まったところで単行本にまとめて出版していただいた。出来上がったばかりの新しい見本刷りを、編集の方に手渡された。嬉しかったのだけれど、それ以降のことが記憶にない。書店で見るということを思いつきもしなかった。ひきつづいて書いている長篇や、雑誌にのせる短篇のことで頭がいっぱいだったのだろう。

書店で自分の本を見るようになったのは、いつごろからだったか。恥ずかしくて、それでも横目で確かめずにはいられず、だれも気にしてはいないのに、そそくさと急ぎ足で通りすぎる。自意識過剰で、これもいやらしいことだ……と、わざわざ言うのもいやらしいことだが、一々そう言っていると、先に進まない。

このごろは、たいそう美しい装幀をしていただけるようになったけれど、不本意な装幀が多く見るのが嫌だった時期がある。そのころは、書けといわれるものと、自分の書きたいものと、自分の能力で書けるものとの懸隔の甚だしさに、鬱々としていた。書きたいものの漠然とした方向はみえているのだけれど、それは出版社の望むものではなく、書ききる能力もなかった。作品の幅が広いといまになって言われるのは、八方模索の軌跡が残っているからだ。

最初から、自分が何を書きたいのか、書かずにはいられないのか、明瞭に把握し、これこそ私であるという作品を顕し、その顔である装幀も満足できるものであったら、店頭で気恥ずかしい思いはしないのだろうか。

ようやく、書けといわれるものと書きたいものは一致してきたけれど、だからといって、自分でよしとするものが常に書けるわけではない。

装幀は美しくなったけれど、書店で自分の本を見るのは、やはり、気恥ずかしい。その前に立ち止まれないのも相変わらずで、そのくせ、早々と棚からなくなっていると悲しい。

まして、自分の本を書店で買うことは金輪際できない。店員が私の顔を知っているわけでもないのに、かってに恥ずかしがっている。友人に喫茶店で会ったとき、近作を欲しいと言われた。たまたま近所に書店があって入ったのだが、友人に代金を渡して買ってもらった。まったく、ばかげた照れ性であり、自意識過剰だ。

　小文の規定枚数を埋めるために、なぜこんなふうなのだろうと、この際、嫌々ながら、自己分析してみることにした。生来の、変えようのない性質が根本にあるのだろう。加えて、子供のころの厳しい躾は〈人前にでしゃばるな〉であった。躾が行き届きすぎて、いまだに、講演だのTV出演だのができない。

　プロの覚悟のまったくないままに、しりごみする背中を編集の方々に押していただいて書きつづけていたせいか、いつまでたっても素人の気分が抜けきらない。性根の据わったプロなら、自作が書店に並んでいるのを見て恥ずかしがったりはしない。

　こういうことを書くのも、まことに照れくさく、人前に出るのは小説の中だけにしたい、と思いながら気が弱くて、エッセイ、コラムを決然と辞退することができないでいる。


「私の本と本屋さん」『一冊の本』二〇〇一年五月

アラバールと乙一さん

久しぶりにアラバールの戯曲『迷路』を読みなおしたのは、乙一（おついち）さんの短篇「SEVEN ROOMS」（短篇集『ZOO』に収録）に刺激を受けたからだ。

一九三二年生まれのアラバールと、現在二十五歳の乙一さんのあいだには、半世紀に近い年齢のへだたりがある。一九六八年に第一巻が思潮社から刊行された『アラバール戯曲集』全四巻はとうに絶版となり、おそらく乙一さんはアラバールの名もご存じないと思うのだが、不条理と恐怖を童話のような雰囲気をもって描く感覚に共通したものを感じる。

もっとも、アラバールは創作上の主張として不条理演劇を創り出したのだが、乙一さんの世代にとっては、生の不条理、無意味は、すでに当たり前なのではないかと思う。

「SEVEN ROOMS」の姉と弟は、小部屋に幽閉され、名も知らない男に痛めつけられている。なぜ幽閉されたのか、なぜ痛めつけられ、その上殺されることになっているのか、姉弟にはわからないし、読者にもわからない。作者にもわからない。そういう状態だけが、存在する。

『迷路』のエチエンヌは、見知らぬ邸宅の庭の隅にある便所の中に、もう一人の男ブリュノと足首を手錠で数珠つなぎにされている。

ようやく鑢で手錠を断ち切ったエチエンヌが便所の外に一足出ると、そこは、縦横無尽にはりめぐらされた無数のシーツと毛布が、果ての見えない迷路を作った庭である。

シーツと毛布の間から、邸宅の令嬢ミカエラが登場。何をしているのかと咎める。

「道に迷ったんです。外に出る道を探しているんです」

ミカエラは、シーツと毛布が大量に干してある理由を、二段組二ページにわたる長台詞で説明する。汚れたシーツや毛布は一度にまとめて洗濯すべきだという父の方針で、清潔なものと取り替えるたびに、汚れ物は地下室に片づけられていた。そのうちに、汚れ物は地下室からはみ出し、二階まで占領するほどになった。父親は労働者を募集するために上京。帰宅を待つあいだにシーツと毛布は三階まで侵食。家のなかは半分交通止め。やっと父親が労働者を百人ほど、鎖でつないで連れてきた。何ヵ月にもわたって、労働者たちはボイラーで洗濯し、庭に干した。庭の端まで行くにはあまりに長い鎖が必要なので、父親は、鎖をはずしてやった。すると、労働者はみな、逃亡してしまった。そう言いながらミカエラは、エチエンヌの足首の鎖を意味ありげにみつめる。

つづいて登場した父親は、エチエンヌに、この場で公正な裁判を受けよ、無実なら即時釈放となると穏やかに勧め、裁判官を呼びに行く。この男こそ、自分を理由もなく鎖で縛りあげ、便所にぶち込んだ当人だとエチエンヌは思うが、はかない希望を持ちもする。

ミカエラは、父親のいないところでは、父に虐待されたとエチエンヌに訴え、鞭打たれて血だらけの背中を見せたのだが、裁判官に命じられ服を脱いだ背には、傷痕も血の痕もない。

何が真実か混沌としたまま、エチエンヌはブリュノ殺害の犯人とされ……と、筋を追っても、極度に戯画化されたグロテスクで淫らで不気味な夢魔めいた雰囲気を伝えることはできないのだが、訳者宮原庸太郎氏の後書きを引用すれば、〈社会の巨大で残酷なからくりの歯車に巻きこまれたら、いかなる抵抗も反抗も無益な努力ではあるまいか、抵抗すればするだけ、もがけばもがくだけ深みに陥るにすぎないのではあるまいか？　そんな恐怖、戦慄におそわれる。〉

無力な存在が抱く不安という主題を扱った小説や戯曲は、カフカを始め数多くあるが、シーツと毛布の迷路は、視覚的に鮮やかだ。

スペイン領モロッコのメリーリャに生まれたアラバールは、幼年期に内戦を経験している。彼の父親は政治犯として官憲に逮捕され死刑を宣告されたが、保釈の後、精神病院に閉じ込められ、それきり消息不明になった。後年、病院を訪れたアラバールは、窓の下を走る列車を見下ろし、父が列車の屋根に飛び下り脱出し、どこかで今も生きているとしたら……と想像する。

六〇年代から七〇年代初めにかけての数年は、演劇がもっとも先鋭化し、観客を挑発した時期だった。五二年、二十歳で処女作『戦場のピクニック』を発表したアラバールは、六〇年代に、自ら〈恐慌の演劇(テアトル・パニック)〉と名付けた前衛劇を数多くあらわし、舞台にかけている。日本でも、幾つか、アンダーグラウンドで上演されている。オーバーグラウンドでは、『建築家とアッシリアの皇帝』を芥川比呂志が演出して話題になった。すでに〈アングラ〉は下火になりかけていたころではなかったかと思うが、私の記憶は不確かで、今、確かめる資料が手元にない。

『建築家……』は、戯曲を読むだけでも十分に面白い。孤島にただ一人住む〈建築家〉＝原始人。飛行機の墜落事故で共に島に棲むことになった〈皇帝〉＝文明人。二人は、芝居ごっこをして過ごす。いろいろな役を演じているうちに、ついには〈皇帝〉の母親殺しを裁く裁判ごっこになる。母親の頭を金槌でぶんなぐって殺したことを〈ごっこ〉遊びのなかで告白した〈皇帝〉は、〈建築家〉に殺され食べられることを希望する。

〈皇帝〉を食べた〈建築家〉は、次第に〈皇帝〉に似てくる。ついに、完全に〈皇帝〉になりかわってしまったとき、飛行機の墜落する音がして、〈建築家〉が登場……。物語は冒頭に帰る。

アラバールの過剰な台詞の底には、幼児期の恐怖と悲惨が澱んで悲鳴を上げている。失われた父親、愛情過多で独占的な母親への感情が、決して成熟しない登場人物たちの根底にある。

退屈しのぎの裁判ごっこが、〈被告〉を次第に追い詰め死に至らせる話はデュレンマットも書いているが、デュレンマットには、大人の皮肉と苦い笑いがある。アラバールの直系の祖は、アルフレッド・ジャリか。

さらにアラバールには、肉体上の不如意があった。ロートレックのような極端な矮軀である。〈スペインの子供たちは大へんに残忍である。（略）私は《頭でっかち》と綽名されていた。（略）そのため私は自分が将来人並みの生活を営なむことも、人と会うことも（略）おそらく不可能だろうと思っていた。〉（若林彰訳）

「夏と花火と私の死体」で、十七歳でデビューし注目された乙一さんには、アラバールのような悲惨な過去も、どんな不如意も、ない（と思う）。

アラバールが切実に感じ、独特な手法で表現しようとした不条理、外の暴力、少年の無力、それらは、乙一さんには、先にも書いたように当然のことで、ことさら主題とするわけではなく、自然に滲み出るのではないかと思える。

かつては、外界に背骨があり、それへの抵抗、反発として、ジャリや古くはアルチュール・ランボオがあった。

いまの日本は、骨を抜かれたクラゲみたいだ。「クラゲのお使い」という昔話によると、クラゲは本来、骨を持っていたのに、使いに行った先で騙された責めを受けて抜き取られ、ぐにゃぐにゃになってしまったのだった。余談ながら、幼いとき、この昔話を舞台化したのを見たことがある。骨を抜かれたクラゲ（情けない男が扮していた）がふにゃふにゃ歩く場面が、実に薄気味悪く怖かった。

子供が手にした鏡のように、正確に、不安な外界を映すゆえに、乙一さんの小説は、不条理であり無垢であり残酷であり、愛らしい。

生の残り少ない私はといえば、昔日のストイックな背骨に、いささかの郷愁をおぼえている。

『文學界』二〇〇三年十二月

お洒落に、そして粋に

都筑道夫さんがもうおられないのは、淋しいかぎりです。

一昨年の日本ミステリー文学大賞の選考会は、ものの数分で決まりました。四人の委員が全員、都筑さんを挙げたからです。銘々が推薦の理由をのべるまでもありませんでした。都筑さんの作品群のすばらしさ、後輩の作家たちへの影響の大きさの圧倒的であることを、全員、十分に知っていました。そうして、都筑さんのお仕事の偉大さに比して、これまで賞が追いつかなかったという感慨も、委員たちの気持ちにあったと思います。

第一作の『魔界風雲録』から数えておよそ半世紀、発表されるや高い世評を得た『やぶにらみの時計』から数えても三十数年、その間に、『七十五羽の烏』『最長不倒距離』などの長篇本格推理、安楽椅子探偵の『退職刑事』シリーズ、捕物帳の形式をもちいて緻密なトリックを駆使した『なめくじ長屋』シリーズなどなど、名品傑作揃いなのに、日本推理作家協会賞が都筑さんに追いついたのは、ようやく一昨年、自伝的な要素もある評論『推理作家の出来るまで』によってでした。ちなみに、『血みどろ砂絵』（『なめくじ長屋捕物さわぎ』の一冊目）および『七十五羽の烏』が刊行された年の推理作家協会賞は、どちらも受賞作なしです。六日の菖蒲、十日の菊ですが、何とも歯痒い思いがします。

　エッセイで、都筑さんは、ご自分が理想となさる本格推理小説を〈E・A・ポオのイマジネーション、エラリイ・クイーンのロジック、エドマンド・クリスピンのウイット、それに売ろうとするならば、アガサ・クリスティーのメロドラマを併せもったもの〉と書いておられます。〈平凡でない謎が、緻密な論理でとかれていく物語を、気のきいた文章で書いたもの〉そうして、〈メロドラマっ気は――情緒であつかった部分は〉少ないほどありがたいとも。〈格調ある文体が、私の唯一のぜいたく〉

　削りに削り、それでいて香気のただよう文章のスタイルを創った久生十蘭に、都筑さんは私淑されました。――同じくジュラニストであった中井英夫の言葉〈小説は天帝に捧げる果物。一行でも腐っていてはならない〉――。

〈面白すぎる〉というのが、小説の価値を低めるように言われていた時代でした。都筑さんのお洒落な粋な考え抜かれたスタイルは、一部に熱烈に迎え入れられたけれど、なじみにくい人も多かったのかもしれません。

　本格ミステリばかりでなく、サスペンス、アクション小説からショートショート、ホラー、怪談、時代伝奇、さらに翻訳、評論と、その業績のすべては、ここには書ききれません。光文社から刊行された『都筑道夫コレクション』全十巻に、新保博久さんが詳細な解題を書いておられます。都筑道夫の巨大な全貌を知るのに、最適です。都筑道夫は、これからも、後続の作家の指針になりつづけることでしょう。

「追悼・都筑道夫」『小説宝石』二〇〇四年二月

『冬の旅人』の旅

開業医をしていた父の患者さんに、バラさんと呼ばれる白系ロシア人がいた。大柄な華やかな女性で、七つ八つだったわたしの目にはすばらしく大人にみえたが、今思えば、二十そこそこであったろう。皇帝がボリシェヴィキ兵士に銃殺されるというロシア革命の暴動に危険を逃れて亡命してきたのだから、上流階級の一家だったのだろう。白系という言葉の意味を正確に知ったのは、少し後になってからだが、意味を知らなくても、バラさんの笑顔に、子供ながら翳(かげ)りを感じていた。

ソ連は嫌いだけれど、十九世紀ロシアの小説――ことにドストイェフスキー――には、ドイツ浪漫派の作家たちや北欧のストリンドベリ、イタリアのピランデルロなどとともに、子供のころからもっとも心惹(ひ)かれていた。

明治の初期、油絵の技法をまなびたくて渡露した日本人女性がいることを知ったのは、三十数年前、小説誌に書く機会を得るようになって間もないころであった。

露西亜（ロシア）正教会から派遣されたので、彼女が学ばされたのは、意に反し、聖像画の制作であった。修道院では、いじめられ辛い思いをしたらしい。日記が残っている。苦悩のはて、二年ほどで帰国し、日本各地の正教会の聖像画を描いて過ごす。

その露西亜行きの事情を借り、露西亜に滞留しつづけ革命に巻き込まれていく、架空の女性を描いたのが『冬の旅人』である。

ソ連の時代に二度ほど取材に行き小説に着手したのだが、力及ばず中断していた。『小説現代』から連載のお話をいただいたのを機会に、再挑戦した。

赤軍に幽閉され虐殺された皇帝一家の足跡をもたどらねばならないので、三度目の取材におもむいた。

西シベリアの取材に、現地ガイドさんがつきあってくれた。穴深く埋められた皇帝一家の遺体が一九七九年に発掘されたという森の奥にも行ったのだが、その日は、老ガイド氏の親類やら孫娘さん（美少女）、彼女の恋人（美形）＆その両親、発掘場所を見たいという学校の先生たちまで加わり、総勢十数人。恋人氏の母君は、たいそう人懐っこい元気な小母ちゃんで、パンだのピクルスだのハムだのを持参してきており、陰鬱なはずの取材は、森の茸狩りを兼ねた楽しいピクニックとなったのだった。

「もうひとつのあとがき」『インポケット』二〇〇五年四月

メイキングオブ『聖餐城』

戦争を素材としながらたいそう静謐な映画を、これまでに二本観ている。二本とも、私の偏愛する映画の十指に入る。

一つは、タルコフスキーの『僕の村は戦場だった』。母と妹を空爆で失った少年が、やり場のない憎しみから、軍と行動を共にし、危険な斥候をつとめる。タルコフスキーにしては珍しくきわめて平明な物語の運びだが、水を多用したモノクロームの静かな画面が心にしみ入り、DVDで何度も見返している。もう一本が、執筆中だった『聖餐城』の参考になりはしないかという下心から観た『ジョヴァンニ』である。十七世紀のドイツ三十年戦争を素材とした『聖餐城』より、時代はおよそ百年ほどさかのぼるのだが、映像美とともに、武人である主人公の造形が素晴らしかった。ハリウッド製のけたたましくド派手な戦争映画の対極にある。『聖餐城』を書き進めながら、私の脳裏にはいつも、騎兵隊長ジョヴァンニの寡黙な姿があった。

三年前になるか、当時『小説宝石』の編集者だったH＊＊氏から、連載をと言われたのが、たまたま『ドイツ傭兵（ランツクネヒト）の文化史』という本を手に入れてほどないころだった。傭兵を素材にして書きたいと申し出たところ、Ｈ＊＊氏の快諾を得た。後で知ったのだが、Ｈ＊＊氏は、自他共に認める軍事おたくであった。

傭兵の活躍となれば、先ず浮かぶのが農民戦争と三十年戦争である。農民戦争はサルトルの『悪魔と神』という、鉄腕ゲッツを主人公にした傑作戯曲があるのと、農民対支配者という階級闘争になりがちなので、避けた。となると三十年戦争だが、私たちの世代は、女学校の三年から四年にかけて、戦争激化のため授業が廃止になり学徒勤労動員で工場の仕事をさせられていたため、世界史の授業をほとんど受けていない。三十年戦争も百年戦争も、知るのは名称のみという状態であった。俄勉強にとりかかった。折りよく『ドイツ三十年戦争』という本が翻訳出版された。実に幸運であった。絶版中のシルレル『三十年戦史』も頼もしい軍師Ｈ＊＊氏がネットを駆使して入手してくださった。

連載開始の前に、Ｈ＊＊氏は出版部に移られ、担当はＯ＊＊氏に替わったが、プラハへの旅は、Ｈ＊＊氏が同行してくださった。Ｏ＊＊氏には、長期にわたる連載中、熱意のこもった伴走で助けていただくことになる。取材に行きましょうと、題材が決まった直後からＨ＊＊氏に熱心に勧められていたのに、私はなかなか腰が上がらなかった。体力がないため、国の内外を問わず旅行が苦手だ。いつの取材もそうだが、目的地に着いたときはよれよれの半病人というありさまなので、資料を読むだけで何とかならないかと横着なことを考えていた。しかし、いざ書き出してみたら、プラハ城を丹念に見なくては、二進（にっち）も三進（さっち）もいかないとわかった。とたんに、早く早くと

H＊＊氏をせき立て、手配をしていただいた。勝手なものである。そのためH＊＊氏は、出発直前、担当作家の千枚を超える原稿を徹夜で読み、真っ赤な目で成田にあらわれるという事態になった。申し訳ない。

ルフトハンザの座席ではいつも苦労する。フットレストをあげると、その後、小学生並みの私の力では引っ込まないのである。

プラハにじっくり腰を据えての取材は、戦争の発端となった窓外放擲事件の現場に立ち、ダリボルカ塔の二重底監獄の恐ろしさを肌身に感じ、白山の戦場跡を眺め、実り多大であった。クトナーホラの銀山見学では、またも体力のない不如意を味わう羽目になる。坑道に潜るのに頑丈なヘルメットをかぶったら、その重みだけで頭がぐらぐらし、歩くどころか立っていることもできない。自衛隊の戦車兵のヘルメットよりはるかに重い。悲しくあきらめた。中を見たかったなあ。「三十年戦争なら、ヘプに行くといいですよ」ガイドさんに勧められた。チェコ語の地名で言われたので、とっさにわからなかったが、ドイツ名ならエーガー、すなわち、ヴァレンシュタインが暗殺された街である。ピルゼン見学の予定を変更し、ヘプ市へ。ヴァレンシュタインが滞在し刺し殺された部屋が、そっくり残っている。この寝台で殺されたのよ、と管理人の小母さんが、まるで昨日起きたことみたいに言った。ヴァレンシュタイン公の愛馬の剝製というのも据えられていた。頼朝公御七歳の髑髏(されこうべ)か。ヴァレンシュタインに関する資料がここには豊富にあった。

さらに、プラハ市内の書店で資料を探す。参考になりそうな画集を探していたら、軍師H＊＊氏が、「これだ！」と声をあげた。三十年戦争の戦闘状態や傭兵のようすを詳しく図解した分厚い書である。チェコ語の説明は読めなくても、ほぼ理解できる。

くたびれるから旅行は嫌だとぶーたれていたのは誰でしょうというほくほく顔で、再びルフトの座席と格闘しつつ、帰路についたのであった。

『小説宝石』二〇〇七年六月

役者無惨 ——『澤村田之助』 矢田挿雲

編集部から与えられた命題は、〈セックスやエロスを感じた小説〉というのだが、その意味するところが、読んで性的な刺激を受けた、というのであれば、経験がない。

セックス・エロスを題材にした小説ということなら、枚挙にいとまないが。

記憶にある限りで、もっとも幼いときに読んだエロティックな小説は、『現代大衆文学全集』の中の数巻だった。当時大学生だった叔父の部屋に、黒ずんだ青色が禍々しいこの全集が揃っていた。

七つ八つだった私は、触ることさえ禁じられていたのだが、もちろん、全巻読み倒した。

タイトルは忘れたが、時代物で、庄屋が道ばたで子供の戯れ歌を聞き激怒する場面から始まる話があった。〈娘やるまい、庄屋の家に。親のない子がまた生まる〉下女奉公をさせると、孕む、と歌っているのである。庄屋は下女に手をつけたおぼえはないし、息子もいない。年頃の娘を一人持っているだけなのに、戯れ歌と悪い噂はどんどん広まる。深夜、彼の娘が枕頭にきて、おとっつぁん、すみませんと詫び、家出する。次の章では、娘は崩れたやくざな男になっている。両性具有という存在を、この読み物で初めて知った。

それ以上に強烈な印象を持ったのは、これも全集の一巻である、矢田挿雲の『澤村田之助』だった。

幕末に生まれ、十六歳の若さで立女形（たておやま）をつとめた美貌の役者である。高僧から芸者まで手玉に取り金を貢がせ、花の盛りに壊疽（えそ）にかかり、手足を切断、それでもなお、舞台に立ち、最後は気が狂い、座敷牢に閉じこめられ、自死した。短い壮絶な生が、子供の心に刻まれてしまった。

橘小夢（たちばなさゆめ）の挿絵がまた、妖艶だった。

小説を書くようになってから、いつか、田之助を素材にしたいと、折あるごとに資料を集めていた。そうして知ったのだが、三代目澤村田之助は、驕慢であるとともに、舞台一筋の天才児でもあった。矢田挿雲が書いたようなただの女たらしではなかったのである。ご一新の後、明治の世になると、演劇改良が唱えられ、幕末の頽廃的な芝居は排されるようになる。時を同じくして、田之助は致命的な病におかされ、没する。江戸の最後の花だった。

編集者に無理を言って『花闇』を書き上げたとき、七つ八つのころから取り憑（つ）いていた田之助は、ようやく消えてくれた。

「作家が選ぶ、わたしがセックスを感じた小説」『小説すばる』二〇〇八年七月

幻想作家についての覚え書き

鍾愛する幻想小説について、二つ三つ、覚え書きめいたことを記す。

幻想小説の意味を拡大し、日常ならざるもの・非現実なるもの、としてみると、子供のころから興味を持ち強く惹(ひ)かれた小説は、ことさら幻想・怪奇と謳(うた)っていなくても、ほとんどこの範疇に入るものだった。

小説に、戯曲も含めて筆を進める。

七つ八つから十二、三歳にかけて、主としてヨーロッパの、十八世紀ごろから十九世紀、二十世紀初頭に書かれた小説や戯曲を読み漁った。特に探し求めたわけではなく、身近にあったから手当たり次第に読んだだけだが、そのころの読書は知らず知らず血肉に溶け入っている。その後の一時期、戦争激化と敗戦で新刊本が手に入らなくなったことを思えば、その前に世界文学の数々を読み果せていたのは、まことに幸運だった。

異国の小説は、リアルに書かれていても、日本の子供である私にとっては、異界に引き入れてくれる非日常の譚（はなし）であった。

　しかし、読み進めるにつれて、異国の小説であっても、日常的なものと反日常的な方向性を持つものは歴然とわかれてくる。私が惹かれるのは常に後者であった。

　子供のころ、特に魅了されたのは露西亜（ロシア）と独逸（ドイツ）の小説群、戯曲群だったが、同じ露西亜の小説でも、ドストイェフスキーに強烈に惹かれ、チェーホフには興味を持たなかった。

　チェーホフの登場人物の思考、行動、感覚は、日常生活の範囲内である。没落により桜の園を失ったラネフスカヤ夫人の悲嘆は、極めて現実的な日常レベルのものである。しかし、ドストイェフスキー『白痴』のムイシュキン公爵が発作の直前に感じる途方もない恍惚感は、日常感覚を反転させる。

　ゆえに、『白痴』は、私の感覚の中では幻想小説の最高峰にある。

　ドストイェフスキーが描き出す人物は、度を越して激しい。ロシア正教が説く神の不条理、矛盾に呻吟する人々の感情を日本の子供が理解できようはずもないが、それにもかかわらず、心を揺さぶられた。死刑になる直前に赦免を得た男の心情を、ムイシュキンは語る。ドストイェフスキー自身の体験などという知識は、後から得た。やはりロシアの作家ガルシンが、自分の狂気を作品化した『紅い花』とともに、『白痴』は私の魂に鋭い傷口を作り、内部に潜み入って根付いた。あまりにも深い真実は、私にとっては、幻想と呼ぶほかはないものであった。日常の事実よりも、幻想のほうが真実なのだ。

　後年読んだ高橋たか子の小説『誘惑者』もまた、ドストイェフスキーにつらなる幻想小説と感じられた。淡い夢や儚い幻を書いたものではない。火口に投身する友人を凝視する女子学生の内面は、噴火山の内側同様凄まじい。

もっと愛らしい幻想小説について語ろう。生涯で一番最初に読んだ幻想小説（戯曲だが）は、ハウプトマンの『沈鐘』だった。七つの時だ。

十九世紀末から二十世紀初頭にかけて多くの戯曲を著したハウプトマンは、自然主義的社会劇、今で言えば社会派の作品で認められたが、後に、浪漫主義、神秘主義に移行する。『沈鐘』は、幻想・浪漫の色濃い童話劇である。

キリスト教に駆逐される以前の、ゲルマン伝承の世界が、ドイツの深い森には息づいている。山姥が棲み、ブレケケケックスと奇妙な声を上げる泉の精、山羊のような森の精、地底の侏儒らが乱舞する。

私が読んだのは、昭和初期の楠山正雄が訳したものだが、それに先立ち、明治四十一年、泉鏡花も訳している。訳者の名前は登張竹風（とばりちくふう）と並んでいるので、登張が先ず原書から直訳し、鏡花が修辞の役を担ったのではないかと思われる。鏡花はこの童話劇に魅了され、後に、影響明らかな『夜叉ヶ池』を著している。

『沈鐘』は、大正期の日本の文人に愛されたらしい。明治に生まれ大正、昭和を生き、数多くはないが玲瓏（れいろう）たる作を残した野溝七生子（のみぞなおこ）は、若いころ、彼女を賛仰する男たち——ダダイストの辻潤ら——にラウと呼ばれた。『沈鐘』のヒロイン、ラウテンデラインの略である。

山姥に育てられた森の娘ラウテンデラインと、麓の鐘造り師の悲恋は、後のジロドゥ『オンディーヌ』にも引き継がれている。ジロドゥはフランスの作家だが、ドイツの伝説ウンディーネをもとに、この美しく哀しい戯曲を著した。水の精と人間である騎士の恋は、人間側の背信によって、破れる。

私は幻想小説を偏愛するけれど、現実離れしたファンタスティックな世界を描いていればすべて受容するというわけではない。映画になるけれど、楽天的で教訓むきだしの『オズの魔法使』は、私には無縁だ。

フランスの作家ジュリアン・グラックもまた、私にとっての幻想作家である。決して非現実を書いているのではないのに、たとえば「街道」という短篇の、ローマ古道について記された文章だけでも、ただならぬ世界に導かれる。

最も愛する幻想作家を一人といわれれば、ためらいなくブルーノ・シュルツを言挙げする。ポーランドのユダヤ人であるシュルツは、大戦末期、ユダヤ人であるというだけの理由でゲシュタポに射殺された。僅か二つの短篇集が、世に残った。

日常を生きるには、不愉快な潤滑油が必要になる。偽善、心にもないお愛想、上っ面だけの会話。潤滑油の厚い層の罅割れ(ひびわ)から迸る(ほとばし)悲鳴。それが私にとっての幻想小説ではないかと思う。要するに私がいつまでも世間になじめないということなので、嘲笑されてもしかたないのだが。

『ミステリマガジン』二〇〇八年八月

吉川英治『神州天馬侠』

『少年倶楽部』に連載された『神州天馬侠』『天兵童子』『左近右近』などへの、戦前の子供たちののめりこみようは、二十世紀末『スラムダンク』への少年読者の熱中度にひとしかろう。ちなみに、孫（女の子）曰く、「『スラムダンク』は男の子のバイブルだよ」。スラムといったら貧民窟の意味しか知らず、スラム街にタンクが突っ込んでくる話だと思っていた祖母（ばあ）ちゃんの私も、孫（男の子）に全巻どさっと貸し与えられ、一気読みしてしまったのだった。

話を元に戻す。吉川英治の少年小説は、同じころに発表された大人向けの小説『鳴門秘帖』や『神変麝香猫』に比べても遜色なかった。読者が子供であることを慮（おもんぱか）って、男女の濡れ事は排除してあるし、吉川英治先生はきわめて倫理観の厳しい方だから意識されてのことではないと思うのだが、前髪立ちの美少年が醸し出す妖（あや）しい艶（つや）は、伊藤彦造や山口将吉郎の挿絵の力も相俟（あいま）って、男女の真（ま）っ当（とう）な濡れ事をはるかに凌駕していた。

こころみに、いま手許にある『神州天馬侠』の頁を気ままに捲（めく）れば、〈屋根から下をのぞいているのは、色のしろい美少年。金の元結が前髪にチラチラしている、浅黄繻子の襟に、葡萄色の小袖、夜目にもきらやかな裃すがた——そして朱房のついた丸紐を、胸のところで蝶にむすんで〉。かの山田風太郎大人が描く紫精好の大振り袖、他人の夢に忍びこむ美少年の原点ここにあり……と見たは僻目か。このお小姓、ほんの端役である。まして主人公の武田伊那丸ともなれば、美々しさもさることながら、凛と雄々しく、しかも適当に情けなく、敵手に落ちたりして幼い読者をはらはらさせるのだった。滅亡した武田家の、勝頼の忘れ形見・伊那丸のもとに、野に散っていた遺臣ら——それぞれが他に擢んでた特技を備えている——が、お家再興を願って寄り集ってくるさまは、目的こそ違え、水滸伝の結構を持つ。大鷲の背にのって空を翔る童子やら今でも伝奇小説にはしばしば登場する果心居士やら。対する悪党は富士の裾野に根城を持つ妖術師、口中に含んだ針をびらびらと吹く不気味な婆。さらには徳川隠密組。

後年、風太郎忍法帖を私が愛読するようになったのは当然である。

「こんな時代小説を読んできました」『小説すばる』二〇〇九年二月

魔術師の贈り物

子供のころに読んだ童話に、人気者の魔術師の話があった。外国の話めいているが、作者は日本人だった。あまりに遠い日なので記憶は不確かだが、楠山正雄だったたかと思う。

物を燃やせば煙になるのは当然だが、その魔術師の手にかかると、煙は霊妙な色と形を持ち、見物を魅了するのだった。古ぼけた絨毯（じゅうたん）は色鮮やかな鳥の姿になり、穴のあいたぼろ靴は帆船となって、虚空に舞い上がり、ゆっくりと漂って、やがて薄れ、消える。街の人々は大人も子供も広場に集まり、今度は何がどんな煙になるのかとわくわくし、一つ終わると、次をせがむ。もっと、もっと不思議な煙を見せて。もっと凄い煙を見せて。年老いた魔術師は、あらん限りの秘術をつくす。見物は贅沢だ。もっと珍しいのを。もっと不思議なのを。魔術師は最後に自分自身を煙にする。見とれていた見物はやがて気がつく。あの魔術師は空に消えてしまったのだ。二度と不思議な煙を見ることはできない。

泡坂さんがデビューされた一九七〇年代半ばのミステリ界は、社会派の名を借りた味気ない風俗小説が全盛だった。工夫を凝らしたトリックは不自然だと排されがちであった。面白いミステリが読みたい。多くの人のその渇望に応えるように、『幻影城』から『11枚のとらんぷ』が刊行された。書店で入手して、家に帰るまで待ちきれず、喫茶店に入りフランス装のアンカットのページをスプーンの柄で破りながら読みふけったことは、幾つかの場所で書いた。続く『乱れからくり』『湖底のまつり』……と、作者が骨身を削っての、しかもその労苦はちらりとも感じさせない物語に、ミステリ・ファンはどれほど渇きを癒されてきたことか。いつも、ファンに楽しい驚きを与えてくださったのだけれど、最後の贈り物は、悲しい驚きだった。でも、煙の魔術師と違って、小説は何度でも読み返せる。泡坂妻夫という水源は、新しい読者にも、新鮮な水をいつまでも与え続けてくれるだろう。

「追悼・泡坂妻夫」『小説宝石』二〇〇九年四月

先生に導かれて

遣唐使として長安に渡った小野道麻呂には、一つの目的があった。二十数年前、やはり遣唐使として唐に赴き、彼の地で行方不明になった父、小野石根を捜そうというのである。何の手掛かりも摑めぬまま帰国の時が迫り、別れの宴が催される。その場には、鬼をかたどり頭に十本の蠟燭が据えられ、顔にも全身にも奇怪な彩りを施された等身大の燭台が三基置かれていた。蠟涙が頭から顔まで垂れ固まっていた。呼ばれた芸人たちがさまざまな芸を披露した後、道麻呂も座興にと請われ、故国大和の歌を切々と歌った。そのとき、燭台の一つが動き、役人に鞭で打たれた。燈台鬼は生身の人間なのだと、道麻呂は教えられる。燈台鬼は唇を嚙み破り、床に滴った血に足の指を浸し、「石根」と記す。

道麻呂は、父と対面したのであった。

南條範夫氏が『オール讀物』に発表された「燈台鬼」を読んだとき、私は二十六歳だった。五十四年も昔のことだけれど、いまだに、その時受けた感銘は薄れない。

残酷な物語であるが、狷介（けんかい）ながら誇り高い石根の心情、ひたすら父を思う息子の感情がきめ細やかに、しかも煽情的ではない端正な筆致で描かれていた。石根の心を動かした歌は、万葉集からとられている。

南條氏は『オール讀物』が新人賞を開設したその第一回に、「子守りの殿」で受賞され、三年後に発表されたこの「燈台鬼」で直木賞を受賞された。

その後、南條氏は時代小説・歴史小説から現代物のミステリまで縦横に活躍される。

四十代の初めごろ、私は江戸川乱歩賞に応募した。最終候補に残ったものの、機械的トリックが不自然だということで落選した。

直後、突然、『小説現代』の編集の方から電話がかかってきた。

「選考委員のお一人である南條範夫先生が、あなたの作品を推され、ミステリではない普通の小説も書けそうだから、『小説現代』の新人賞に応募させたらどうだと、編集長に勧められたのです。書いてみてください」

めんくらってしまった。

乱歩賞は講談社が後援しているから、選考会の席には『小説現代』の編集長も同席する。『小説現代』は、男性が読む雑誌と思っていた。社会経験の乏しい私にはとても書けないと躊躇したのだが、社に呼ばれ、「あの南條先生が仰（おっしゃ）るのだから」と説得されて、どうにか書き上げた。読むに耐えない代物じゃないかと恥ずかしくてたまらなかった。そのときは最終候補止まりで、やはり私には無理なんだと思っていたら、もう一度書けと言われた。

南條先生に初めてお目にかかったのはそのころだった。乱歩賞パーティの場だったろうか。『被虐の系譜』『駿河城御前試合』などを愛読していた私は、先生の前で固くなっていた。『被虐の系譜』は『武士道残酷物語』のタイトルで映画化され、今井正監督、中村錦之助主演で、ベルリン映画祭で金熊賞を受賞している。映画のタイトルは、内容をそのままあらわしている。『駿河城……』は父である徳川二代将軍秀忠に冷遇され、荒れすさんだ駿河大納言忠長卿が、武芸者を集め真剣で御前試合をさせるという話である。木剣や竹刀とは異なる。さまざまな修羅妄執を持つ戦士たちは、次々に凄惨な死を遂げていく。

どの話も壮絶きわまりないが、底流に清冽（せいれつ）な哀しみがあった。山田風太郎大人（うし）と同様、人間の愚かさ、哀しさ、いとおしさを、深い眼で汲（く）みとっておられたからだと思う。評論家の荒正人は、南條範夫の小説を、〈残酷物語を芸術表現にまで純化した〉と賞讃している。

小説家であるとともに経済学者であり、大学の教授でもある先生は、温厚な紳士だった。推挽（すいばん）していただいたお礼を述べると、「捲土重来（けんどちょうらい）ですな」と微笑まれた。

捲土重来というような大仰なものではないけれど、二度目の応募で受賞し、その後、編集の方たちに熱心に育てられ、どうにか書き続けられるようになった。

雑誌のグラビアで、新人の書き手が先輩の作家を訪れるという企画があり、先生のお宅に伺う機を得た。暖炉のある静かな洋間で、先生は和服で迎えてくださった。長身痩軀、ご高齢であったが矍鑠（かくしゃく）と背筋が伸び、謹厳と粋のアンビバレンツが一つになっている方であった。あがりまくっていたため、何を話してくださったのか、自分が何を喋ったのか、ほとんどおぼえていない。「お元気ですね」と言ったら、「躰（からだ）はどこも悪くないが、ここだけ悪い」と口元を指先で軽く叩いて、眼を細められたことの他は。でも、先生の口から辛辣な言葉を聞いたことはない。

もう一つ、「女優では轟夕起子（とどろきゆきこ）が好きなんですよ」と教えてくださった奥様のやさしい声が記憶に残っている。

「私が出会った作家」『オール讀物』二〇一〇年五月

風

童話作家の友人から、二ヵ月ほど前に夫君が逝去された由を伝える便りが届いた。三篇の詩が添えられていた。ご本人の許可をいただいて、転載する。

わたしのくらし

七歳と七七歳と
あなたは七歳のとき
かあさまを亡くされた
わたしは七七歳のいま
あなたを亡くした

七歳のあなたのかなしみは
どんなでしたろう
七七歳のわたしは
二つのかなしみが重なりあって
涙をながすのです

ひとりごと

ずい分
おしゃべりになりました

それから　すっかり
無口になりました

孤独

厚着をしても
暖房をしても
冷たい風が

臓器と臓器のすき間を
ふいているのです

どうあらわしようもないであろう孤独と寂寥の底から、真珠母の流す涙が凝って珠となったような詩篇であった。世に出すために書かれたものではない。かかりつけの医師に、書くことを勧められたのだそうだ。

＊　＊　＊

子供を対象に童話を書くのは、一見容易そうにみえて、たいそう難しい。やわらかい、やさしいひらがなの分かち書きで、友人は、桜の幹の中にいる馬が、子供たちをのせて走る物語だの、郭公時計の扉の奥に明るい野が広がる話だの、雲を乳母車にして花を売りに行くおばあさんだの、オルガンを弾いていると遊びにくる小さいタヌキだのを描いてきた。易しいそして優しい言葉を用いて、日常レベルを超えた深みをあらわしていた。

詩篇「わたしのくらし」も、やさしいひらがなで記されているからこそ、いっそう、かなしみが読むものの心にしみ入る。所々に、急所に打つ釘のように用いられた漢字が、鋭く勁い。

十数年前、私は物語の中の人物に語らせたことがある。

時は室町後期、応仁の乱の直前である。

いったん死してよみがえった少女が、語る。

「何もないところに、わたしは、いた。いや、そこには在った。そこに在るのは、無辺際の〈時〉であった。数千年数万年の〈時〉が、大湖のように、過去も今も未来も、すべて、たゆたっていた。その〈時〉に、わたしは溶け入っていた。不動であり同時に動いている〈時〉であった。それは、無限の空間でもあった。何もなく、だれもおらず、同時に万物が在った」「いのちが、形をとれば、現の世。形消えれば、無辺際の〈時〉に還る。そう、わたしは、知った」

* * *

妖術だの呪法だのが飛び交う伝奇ロマンであるから、「わたしは、ふたたび、形を持った。わたしはよみがえった」と言わせているのだが、もちろん、転生だの蘇りだの、リアルな世界では児戯に等しい。

しかし、いのちが、形をとれば現の世。形消えれば、無辺際の〈時〉に還る、というのは、私自身が感じていることであった。理に合わないと承知している。幻想小説を書き、伝奇ロマンを書きはするけれど、私自身は超常現象はいっさい信じていないし、死ねば個は消滅すると思っている。

私の亡父は、霊魂の不滅を真剣に信じていた。若いころ流行していた心霊実験などの影響を強く受けたらしい。

幼時、私の身辺には心霊現象を研究する団体（正確な名称は忘れた）の雑誌や書物が多々あり、童話や小説を読むのと同じように読んでいた。大人の小説を読むと叱られるのだが、これらの本を学齢前の幼い娘が読んでいるのを見ると、父は笑顔になった。その中の一冊に、足利時代の豪族三浦なにがしの、若くして死んだ妻が、現代の霊媒に憑依（ひょうい）して書かせたと称する『小桜姫物語』というのがあった。七十数年昔に読んだのだから、内容はほとんどおぼえていないのだが、死後も霊界で修行せねばならず、上達すると霊格があがり、透明な珠になるという部分だけは、死んでからも勉強か、やりきれないなあ、と子供心に思ったのを記憶している。向上心旺盛な明治生まれの父は、死後の修行をたいそう気に入っていたようだ。さらに、戦後の一時期、父がいんちき霊媒に誑（たぶら）かされ、我が家でたびたび降霊会が催され、私は霊媒修行を父に強制された。そんな体験から、神秘、オカルト、いっさいに強い拒絶反応を持つようになった。

死ねば無になるという思想は、大いなる救いであった。

しかし、物語の登場人物に言わせた感覚は、理に合わないにもかかわらず、失（う）せない。

＊　＊　＊

カトリックの作家が著した小説に、老いて視力、体力などが衰え、失われてゆくのは、〈一つ一つ、神様にお返ししているのです〉という一節があった。神は人間が作った傑作だという説なら賢（さか）しらに頷（うなず）く私だが、人間を超えた何か大きなものが遍在するという矛盾した感覚も否定できない。

自分に関して言えば、書きたい素材で幾つかの物語を書き得た今、苦痛少なく、周囲に迷惑をかけること少なく終わることができれば、それで十分だと感じている。しかし伴侶（つれあい）は私よりだいぶ年上なので、遺（のこ）されるパーセンテージは高い。そのときがきたら、厚着をしても暖房をしても、冷たい風が私の臓器と臓器のすき間を吹くのだろう。

『日本経済新聞』二〇一〇年十一月七日付朝刊

禁忌の誘惑
——『大暗室』江戸川乱歩

最初に出会ったのは、物語ではなく、一枚の絵であった。四つか五つ。家の近くを歩いているとき、いきなり、出くわした。紙芝居屋が道端で商売していたのである。紙芝居を見ることは、両親からきびしく禁じられていた。それなのに、不意に視野に飛び込んできた。逃れようがない。紙芝居の絵はどぎつい。顔も手足も青く塗りたくられた、あれは幽霊だったのだろうか、戸口をほとほと叩いていた。急いで通り過ぎたのだけれど、絵が脳裏に焼き付いて消えない。夜、蒲団に入ったら、絵はいっそう毒々しくなり、やせ衰えた青い姿が迫ってきて、俯(うつぶ)せになって泣いた。理由は大人に言えない。禁じられているいけないものを見てしまったのだから。いつまでも泣きやまないので、癇癪を起こした母親が小皿をよこし、「枕が濡れるから、涙はこれにいれなさい」と言った。命じられるままに、小皿を瞼(まぶた)の下に置き、泣いていた。話がそれるが、私の母親もかなり怖い人で、妹が小さいとき、うるさく泣くと近くの橋の上に抱いていき、手摺りから水の上に差し出し、泣きやまないと川に放り込むと叱った。これは余談。

怖さを直接訴えてくるのは、絵の力が大きい。お手洗いに入るとき、本を持ち込んではいけないと、これも厳禁されていたが、常に破った。小学校の低学年のとき、大人の古雑誌を持ち込んだ。ページを開いたら、見開き一面に、焼け爛れて半分髑髏になった顔が、クローズアップで迫ってきた。思わず（当時は汲み取り式だった）落としてしまった。江戸川乱歩の『大暗室』であった（乱歩先生、すみません）。挿絵は田代光。チンドン屋が子供をさらう話（乱歩ではない。作者の名は忘れた）の挿絵も田代光で、ピエロ姿のチンドン屋が何とも不気味だった。

江戸川乱歩は、おそらく、人生で最初に出会った怖い物語だ。祖父母のところに、『現代大衆文学全集』が揃っていた。七つ八つの頃、大人の目を忍んで、読みふけった。そのなかの一冊が江戸川乱歩の短篇集で、「踊る一寸法師」を読み、後悔した。これも、怖い挿絵がついていたのだ。ひきちぎった生首を小人が放り上げて弄ぶ場面が、荒い筆致で描かれていた。「踊る……」がことさら恐ろしかったのは、強烈な挿絵のせいだ。絵は、直接に襲いかかってくる。身も蓋もなく怖い。

『現代大衆文学全集』は高い棚の上に並んでおり、子供の私は背伸びぐらいでは手が届かず、椅子にのらねばならない。それでも、金で箔押しした作者名は読み取れず、手当たり次第に一冊抜く。二度と読むまいと思っているのに、抜き取った背表紙に禍々しい〈江戸川乱歩〉の文字。いやだなあと思いながら、つい、また目を通してしまうのだった。

小さい子供が知ってはいけないようなことは、たいがい、この『現代大衆文学全集』でおぼえてしまった。悪い本です。女の子として生まれたのに、親も気づかないうちに男子になっていた、という時代物の両性具有譚も、この全集で読んだ。題名も作者の名前も忘れたが、〈娘やるまい、庄屋の家に。親のない子がまた生まる〉という歌詞だけはおぼえている。周囲が娘と思っていた息子が、奉公にきた娘に手を出していたという話で、まったく、子供が読むのはよろしくない。しかし、娘姿の息子が父親に事実を打ち明け、悄然と家を出て行く場面はたいそう哀切であった。怖くて悲しい話として記憶に残っている。

物語による怖さは、想像力によって増幅され、じわじわと迫る。乱歩で言えば、『鏡地獄』がそうだった。挿絵は、男二人が何か話し合っている場面で、いっこう恐ろしくはない。だが、内面が全部鏡である球体の中にいたら、何が見えるのか。想像がつかない。それを想像すると、惻々と怖さがしみこむ。

絵では決してあらわせない怖さもある。たとえば『黄色い壁紙』の怖さである。子供の頃読んだものでいえば、アラビアンナイトだったろうか、出典を忘れたが、魚が焼けない話があった。火に焙(あぶ)られているのに、いつまでも生のままだ。その不条理さが怖かったのだろうか。切られた生首が切った王に書物をすすめ、ページが固く糊付けされているので、王は指をなめながらめくり、ページにしみこませた毒がまわって……という復讐譚が生首の登場にもかかわらず少しも怖くなかったのは、合理的に解き明かされているためか。あれ、『薔薇の名前』の源流はこれだったのかな。

「はじめての怖い本」『幽』二〇一二年二月(十六号)

飛び続ける想像力の矢
——赤江瀑さんを悼む

あまりに急な訃報で、整然とした追悼文を記す心のゆとりが、私には、ない。赤江瀑さんが、今月八日、七十九歳で亡くなられた。いつも〈赤江瀑の新作〉を待っていた。先に長く続くと思っていた道が、突然、断ち切られ、断崖になった。そんな気持ちだ。

虚空に、一矢を放つ。その空間が小説なのだと、赤江さんはかつて、泉鏡花の言葉をエッセイに記しておられた。鏡花はさらに嘆じる。〈矢を手に持って、地に足をすりつけ、的まで運ぶ小説ばかりだ〉と。明治大正の文壇は、自然主義が圧倒的に主流をなしていた。議論は苦手な鏡花が、痛々しいほどに激しく、想像力の飛翔こそ、小説だと主張したのである。赤江さんがデビューされたころ、小説界はまさに鏡花の嘆きに通底する状況だった。リアリズムでなければ通用しなかった。赤江さんは、ただ一人、虚空に華麗な矢を放った。

赤江瀑の短篇が発表されるごとに〈一つの事件になる〉と表現したのは、唐十郎氏だったと思う。一九七〇年、短篇「ニジンスキーの手」が小説現代新人賞を受賞、その後、たてつづけに

「獣林寺妖変」「禽獣の門」「殺し蜜狂い蜜」が掲載された。いずれも、短篇といっても百枚前後の力作である。美という魔に憑かれたものたちを、赤江瀑は顕然させる。リアリズム以外は理解できない、という者は、赤江瀑の魔に気づかず通り過ぎる。しかし、意識するしないにかかわらず、同じ波長を感性に持つ者は、鷲づかみにされる。取り憑かれる、と言ってもいい。

　赤江瀑を透して向こうを見ると、外界が歪むのである。そうして、歪んだ情景が心地よくなる。そこに身を添わせていたくなる。石灯籠は灯が入ると〈優雅で、凜々しい気品にみちた、しかも雄渾な〉姿に一変する。熱帯魚の飼育槽が、アマゾン流域の原始林に変貌する。屏風の縁にとまった儚い蟋蟀が、ふっと、人を無の世界に迷い込ませる。

　二百数十篇の短篇と十二篇の長篇小説を遺した赤江瀑の作品群で、傑出した最高の作は、『海峡――この水の無明の真秀ろば』であると、私は断じる。これは、エッセイだが、身辺雑記とはまったく質を異にする。ここに描かれる腐爛魚を解体する地下室。あるいは、流れる水が肉体を持つと感じる瞬間。水と肉体の交感。その描写、その感覚は、時を超え、世代を超え、未来のいつであろうと、古びることはない。

　肉体は滅しても、赤江瀑が中空に放った矢は、新しい読者を誘い続ける。

『朝日新聞』二〇一二年六月二十六日付夕刊

エッセイは苦手

公園墓地を散歩していたら、行き合った犬が、「やあ、お早う」と言った。少し驚いたが、「やあ、お早う」と返した。墓石の陰にうずくまっていた猫が、「やあ、お早う」と言ったので、今度は驚かず、「やあ、お早う」と返事した。その先で、人に出会ったので、「やあ、お早う」と挨拶したら、ぎょっとしたように見つめ、逃げ去った。

というような出鱈目な話なら楽しんで書けるのだが、日常身辺の雑記となると、まことに不調法で、困る。

随筆というのは面白くないものだ、と、子供の頃にきめつけてしまったのは、チャールズ・ラムの『エリア随筆』を読んだせいだ。十やそこらの子供だからこそ、シェイクスピアもピランデルロもストリンドベリも、未知の世界をさまよい、未知の感覚に触れ、それが思いもかけず共感できるものであったりして、わくわくしながらのめりこんだのだが、そのノリで読んだ『エリア随筆』はなんとも退屈だった。

紀田順一郎氏がこの書について、〈人生の収穫期に入った人の本音を吐露した文章〉〈中年もしくは初老の人向きの文章〉と記しておられるのを最近目にし、子供の分際で、つまらないとほざいた私が悪いと、納得した。

初老をとうに過ぎた完老（こんな言葉はない）の今なら、楽しめるのだろうかとも思うが、ラムとはどうも相性が悪そうだ。ラムの『シェイクスピア物語』は、原作を子供向きにリライトしたものだが、これが味気なかった。

子供が読むのに、完訳がいいか、子供向けに簡単にしたものがいいか、というのは両論わかれるが、私は、完訳を推す。『三銃士』の子供向けリライト版を読んだおかげで、ミラディに関する部分が、後年完訳を読むまで、曖昧なままだった。

シェイクスピアにしても、科白のやりとりの面白さが、筋だけ取り出したリライトでは、まったく失せる。

身近にあれば、本好きの子供は、何だって読む。なければ、知らないで過ぎる。本を、いいのも悪いのも、子供のそばに置いてください……などと、お節介じみたことを書くのは、よくない。どこか偉そうな口調になるのも、気恥ずかしい。娘が小さい頃、けっこう本を備え、福田恆存訳の『マクベス』に全文ルビを振ってやったりしたのだが、今は娘も孫も、コミックとラノベしか読まない。書物は死なず、ただ消えゆくのみ……か。

『オール讀物』二〇一二年九月

病を押して、事実を淡々と
——皆川博子↑服部まゆみ

ブルガリアの〈薔薇の谷〉と呼ばれる地を訪れたことがあります。あちらこちらに薔薇園が散在するのですが、花を愛でるのではなく、香油を精製するために栽培されている薔薇でした。朝早く摘まれた半開の薔薇の花びらを釜一杯蒸留して、ほんのわずかな香油が得られます。一滴の薔薇油の値は、黄金の一滴に相当するそうです。服部まゆみさんのお作を読むたびに、私はいつも、この贅沢な薔薇の香油を連想するのでした。一語一句の奥に、深い教養と美への厳しい鑑賞眼がひそんでいました。小説も絵画も、同じ唯美の世界への偏愛があるゆえに、親しくさせていただいていました。お目にかかったのは数度にすぎませんが、文通は繁く、お互いに著書が出るたびに送りあっていました。拙作をお送りすると、まっ先にお返事を下さるのがまゆみさんでした。それも、ほんの二、三日で、楽しく読みました、とお手紙が届くのでした。

『聖餐城』という一七世紀の三十年戦争を素材にした物語をお送りしたとき、いただいたのが、文末に掲載したお葉書です。〈体調を崩しているので、読了に時間がかかりそう〉という意味のフレーズに驚いて、どうぞ、まず、お躰に気をつけてお元気になって、とお返事を認めたところ、一月ほどして、丁寧なお手紙をいただきました。〈体調を崩し〉たどころではない状態でいらっしゃったのです。数年前から症状は出ていたとのことでした。その数年の間も、楽しく読みました、のお手紙は、その都度、くださっていたのですが、お具合が悪いとは、一言も書かれていませんでした。三ヵ月ほど前から左脚が動かなくなり、検査の結果、肺癌と、それから転移した脳腫瘍が発見され、手術をなさったという経過が、痛い、辛いの愚痴は一言もなく、淡々と事実のみが記されていました。手術前に、医師に、「腫瘍が大きくなっているので、手術結果に責任は持てない。肺癌は四期の末期で、治るとは思わないように」と言われたそうです。脳腫瘍の手術は無事に終え、抗癌剤投与の治療中で、副作用のためにぼうっと過ごしている、というお手紙でしたが、文章に少しの乱れもなく端然として、ご夫君に迷惑をかけることだけを辛がっておられました。

服部まゆみさんは横溝正史賞を受賞してデビューされ、幻想的なミステリあるいはミステリの趣向をもちいた幻想小説を書かれ、『この闇と光』は直木賞の候補にもなりました。およそ直木賞とは相容れない作風ですけれど、選考委員の方の中には、魅力を感じ取られた方もあったようです。その後、文藝春秋から『ラ・ロンド』を出版されましたが、これは発表の時期からみて、検査前の、原因不明で得体の知れない苦痛をおぼえておられたころに書かれたものです。

五月で投薬は終え、六月には副作用も消えて、夏には今よりましになっているでしょうとお手紙にはあったのですが、八月、まゆみさんは白玉楼中の人となられました。

＊　＊　＊

博子　様

またまたすごい大作を書き上げられたようで、おめでとうございます!!!　装丁も、ハイパーゴシックで素晴らしいですね。手にしただけで、ワクワク、ドキドキ、とびっきりの面白さを感じます。さっそく今夜から拝読させていただきます。ただ、今ちょっと体調を崩しておりまして、拝読するのにかなりの時間がかかりそう。とりあえず、御恵贈のお礼だけ申し上げます。

ありがとうございました。

まゆみ拝

「作家から作家へ」『オール讀物』二〇一三年五月

ポケミスで開眼

——『ジェゼベルの死』クリスティアナ・ブランド

一冊に限るのは、難しいのです。

ミステリの面白さに目覚めたのは、ハヤカワのポケット・ミステリが刊行され始めたことによります。六十年あまり昔ですね。二十代でした。クリスティー、カー、クイーン、ブランド、ボアロー＝ナルスジャック……と、発売されるたびに、片端から読んでいました。戦前、子供の頃、シャーロック・ホームズ、ポオ、ガボリオ、日本の作家では乱歩、小酒井不木など読んではいたのですが、乱読の中の一つで、特に探偵小説が好きと言うわけではありませんでした。

ポケミスで開眼しました。まったく白紙の状態で読みましたから、ミステリ＝本格、と、刷り込まれてしまいました。スピレインの系統は全然手を出していません。そのうち、すれっからしとなり、一番犯人らしくないのが犯人なんでしょ、と、ずぼらを決め込み、新鮮な驚きが減ってしまいましたが。

楽しんだ数々の中から、御三家（クリスティー、カー、クイーン）のほかに強いて一冊挙げれば、クリスティアナ・ブランドの『ジェゼベルの死』です。あの小道具（既読の方は、あの、でわかりますよね）に、快くショックを受けました。ブランドの『自宅にて急逝』も好きです。『猫とねずみ』は、本格ではないけれど、ゴシック風味で楽しかった。ボアロー＝ナルスジャックは、登場人物はきわめて少ないのに、みごとなけれんで騙され……などと、人工的なミステリ世界に浸っていた身としては、清張以後リアリズム偏重、社会派一辺倒になった日本のミステリに飽き足らなくて、不遜にも、身の程知らずにも、乱歩賞に応募してしまったのでした。自分では本格を書いたつもりでした。最終候補に残って、悩みました。万一、受賞しても、第二作なんて書けません。トリックを考えるのも論理的に謎を解くのも、まったく苦手なのです。自分では考えつかないから、騙されて楽しんでいたのでした。その上、当時は、受賞者は正月の推理作家協会の懇親会に犯人当ての短篇を出さねばならない習わしがありました。高木彬光（あきみつ）先生の「妖婦の宿」も、その一つだったと思います。探偵小説の鬼の方々を騙せるわけがありません。幸いなことに落選し、胃痙攣を起こさなくてすみました。

その後、綾辻行人さんや有栖川有栖さんたち、新本格と呼ばれる方々が書かれるようになり、ミステリの幅が多様にひろがって、読者として嬉しい状態になりました。

「ミステリ作家の〝きっかけ〟の一冊」『小説すばる』二〇一四年十一月

マイ・フェイバリット・ミステリ

ハヤカワ・ポケット・ミステリの刊行が始まった一九五三年が、私の海外ミステリ元年です。子供の頃、『世界大衆文学全集』でシャーロック・ホームズとルコック探偵、『現代大衆文学全集』で乱歩や小酒井不木を読みましたが、取り立てて好きというわけではなく、沢山の面白い物語の一つでした。

ポケミスで、クイーン、クリスティー、カー、ブランドなど黄金期の本格ミステリ作品に何の予備知識もなく触れ、虜（とりこ）になりました。魅力の最大のポイントは〈驚き〉でした。犯人の意外性。密室。不可能犯罪。不可解な消失。童謡の見立て殺人。孤島に集められた全員が次々に死亡。叙述トリック。木は森の中に隠せ。今ではヴァリエーションが数多（あまた）あり、それらを先に読んでから原型となる作品を読んでも新鮮な驚きは得られないでしょうが、原型を創始した先達の偉大さは不変だと思います。

『そして誰もいなくなった』を初めて読んだときの、わくわくした読み心地は、忘れられません。

初めに、島に集まる人々それぞれの行動や内面が短い文で並べられるという形式も、踏襲した後続作が多かったと思います。

探偵は犯人の目星がついているのだが、決定的な証拠がない。わざと別人を犯人と名指し真犯人が名乗り出ざるを得なくする、あるいは、罠を仕掛け犯人が引っかかるのを待つ、という形式も、黄金期に原型があると記憶します。

探偵役が、最後に関係者を集め真犯人を名指すスタイルとは別の作風ですが、ボアロー＝ナルスジャックが好きでした。『悪魔のような女』とヒッチコックが映画化した『死者の中から』（映画のタイトルは『めまい』）が有名ですね。私は『呪い』に惹かれました。手もとに本がないのでうろ覚えですけれど、登場人物はわずか四人だったと思います――ボアロー＝ナルスジャックの作品は、どれも必要最低限の登場人物で最大限の効果を上げています――。

往診の依頼を受けた獣医が、初めての患家を訪れます。潮が満ちると小径が水中に没し本土と往来できなくなる島。依頼人であるアフリカ帰りの奇妙な雰囲気を持った女性が飼っているのは、並みのペットではない、猛獣のチーター。女に惹かれていく獣医。女はアフリカの呪術を身につけているらしい。彼の妻が不可解な災難に遭うようになります。女の仕業と思えるのですが、満ち潮で島は隔離されている。妻の災難は偶然の事故なのか、女の呪いによるものか。妻は日増しに衰弱し、死に瀕します。

〈自分に似合う穴の中でうずくまり、穏やかな熱となって眠る鳥を夜が包むように、私はナディを抱き締めたが無駄であった。〉これは、マンディアルグが絶賛したマルセル・ベアリュの『水蜘蛛』（田中義廣訳）の一節ですが、『呪い』の中に紛れ込んでも違和感がありません。ボアロー＝ナルスジャックの文章はそれほどきれいです。どちらも、男は妻を愛しているにもかかわらず、妖気漂う女（一方は水蜘蛛が次第に女に化すのですが）に惑わされます。『水蜘蛛』は怪異のまで終わりますが、『呪い』は解明されます。緻密な筆致と精緻な心理描写で静かに恐怖感を盛り上げていき、トリッキーな手法ですべてを反転させるボアロー＝ナルスジャックは、連城三紀彦さんに通じるところがあると感じます。

好きといっても、何十年も昔に読んだきりなので内容もタイトルも忘れてしまい、読み返したくても絶版という作が多くて哀しいのですが、幾つかの場面は強く記憶に残っています。主人公の父親は奇術団だかサーカスだかの主宰者で、主人公は学校の寄宿舎に入っていた。父親が死んだので、後を引き継ぐことになった。機械人形のようなぎくしゃくした歩き方を、主人公が狂気じみた熱意で練習する。この練習の場面だけが記憶に鮮烈です。本書の読者や寄稿者の中には、ミステリの生き字引みたいな方々がおられますね。タイトルがおわかりでしたら、教えていただけないでしょうか。

『私のすべては一人の男』は、これも記憶が不確かなのですが、事故で重傷を負った七人の患者に移植手術が行なわれる。必要な部分を供給するのは、処刑されたばかりの死刑囚の躰（からだ）。手術は成功したものの、やがて七人は相次いで自殺するようになり……ホラーのようですが、最後に合理的に解明される、という話でした、たぶん。ボアロー＝ナルスジャックの作品は概ねハイブロウで少し暗い雰囲気を持っていますが、『私のすべて……』は異色でした。最後、どのように解明されたのか、肝心なところをおぼえていません。再読すると肩透かしかもしれませんが、気になっています。

『ミステリマガジン』二〇一五年七月

ミステリにめざめたとき

ミステリを、広義の変格も包含した探偵小説と解してよければ、一番最初に接したのは、学齢前に読んだ、江戸川乱歩の「人間椅子」です。大人の雑誌の付録に再録されていました。そのころの読み物は総ルビなので、子供でも楽に読めました。どきどきしながら読み進んだのですが、最後の落ちで肩すかしを食らい、索然としました。それでも怖い印象のほうが強く残りました。小学校にあがってから、『現代大衆文学全集』に収録されている探偵小説をいくつか読みました。同じころ本格といえるのは乱歩の二、三篇だけで、ほかは怪奇風味が強いものばかりでした。『世界大衆文学全集』でポオやガボリオ、ドイルも読みましたが、とりたてて好きにはなりませんでした。その後は『世界文学全集』や『世界戯曲全集』に没頭し、ミステリとは縁がありませんでした。戦争激化と空襲、敗戦で書物は激減し、活字に飢えました。

ミステリに耽溺（たんでき）するようになったのは、一九五三年、ハヤカワ・ポケット・ミステリが刊行され、海外の黄金期の本格物に接してからです。クリスティー、クイーン、カー、クリスティアナ・ブランド、ボアロー＝ナルスジャックなど、刊行される都度、読んでいました。結婚してほどないころで、家計はぎりぎり、好きな本を好きなだけ買うゆとりはなく、もっぱら貸本屋を利用しました。出版社の利益にはならない読者で、申し訳ないことでした。そのころの貸本屋は、野間宏や安部公房のような純文学から煽情的な通俗読み物まで、新刊が出るとすぐに棚に並べていました。（安部公房の「赤い繭」は今でも好きです）。ポケミスの小口と天地が黄色い、独特の縦長の判型は、棚で目立ちました。

どの作家の何を最初に読んだのか記憶はおぼろなのですが、どの作にも新鮮な驚きをおぼえました。ことにクリスティーの『そして誰もいなくなった』の衝撃は忘れられません。孤島物は今ではミステリの定番で少しも珍しくはないのですが、初めてこの型を創案したクリスティーの功績は偉大だと思います。

ポケミスと一九五九年から刊行の始まった創元推理文庫で、ミステリの楽しさを存分に味わいました。

半世紀を優に超える歳月を経て、その両社から拙作を刊行していただき、今年の七月には書店で両社協力のフェアまで開催していただいたことを思い合わせ、感慨にふけっています。

「はじめてのミステリ。」『インポケット』二〇一五年八月

幕間 私のヒーロー&ヒロイン

ルナールの『にんじん』

暗すぎる、陰湿すぎる、救いがなさすぎるといわれるのがジュール・ルナールの『にんじん』の主人公だが、子供のころの私にとって彼はもっとも共感でき信頼できる相手だった。

子供を読者対象にした小説というと、主人公である子供は、結局のところ、大人が安心する子供像になっている。理解してやる大人がいれば、子供も反抗の牙（きば）をおさめ、物語はめでたく収束する。ケストナーにしてもそうだ。ケストナーは、大人向けの小説では『ファビアン』のような苦いものを書いているのに、子供を読者対象にしたものは、大半、楽しいハッピーエンドである。こんなに具合よくは行かないと身にしみて思っていた私を、にんじんは、最後まで裏切らなかった。マーク・トウェインの『トム・ソーヤー』のごとき向日性を常に持つべしという児童観にまっこうから反抗するにんじんは、幼い私のヒーローであった。

にんじんが人口に膾炙（かいしゃ）したのは、映画によるところが大きい。デュヴィヴィエの映画『にんじん』は、母親と兄姉にいじめぬかれる子供の姿を叙情的な映像で描き、子役ロベール・リナンの愛らしさ哀れさとあいまって、しかも、ラストでは父親と涙の和解もあって口当たりがよくなり、多くの観客に愛されたが、小説の方は最後までシビアであり、にんじんの皮肉な目は、センチメンタルに曇ることはない。家庭に居場所のないにんじんが唯一くつろぐのは、名づけ親のところで幼なじみの女の子と三人で遊ぶときだ。映画ではこの結婚式ごっこの場面は言いようなく美しい。帰りの荷馬車の上で馬に鞭(むち)をふるい、不条理にたいする怒りを叩きつけるにんじんの姿とともに、忘れられないシーンだ。

『読売新聞』一九九九年一月十八日付朝刊

ジュリアン・グリーンの『アドリエンヌ・ムジュラ』

我がアンチ・ヒーローが前回のにんじんなら、アンチ・ヒロインはジュリアン・グリーンが創出したアドリエンヌ・ムジュラである。

子供のころ——戦前——『閉された庭』というタイトルで読んだ。児童向けに書かれたものではないから、にんじんに輪をかけた重苦しく悲惨な話である。二十年前、人文書院からジュリアン・グリーン全集がでたとき、その一巻として『アドリエンヌ・ムジュラ』のタイトルで——おそらく新訳だろうと思う——ふたたび刊行されている。

その本もとうに紛失し、絶版なので、粗筋はうろ覚えのままに記すほかないのだが、根本は間違ってないだろう。

アドリエンヌは、母親はおらず、父親と姉の三人暮らし。父親は圧制的な暴君であり、姉は自分の病弱を言い立て不幸の中にとじこもっている。

暗鬱(あんうつ)な家庭からの、少女の逃げ道は、近所に越して来た医者である。常識的な小説なら、この医者が少女の理解者になるのだが、この物語にあっては、医者もまた自分の問題で手一杯である。病身の医者は独り身で、彼の姉が同居して身の回りの世話をしている。この姉は、弟を近親相姦(きんしんそうかん)的に愛しており、弟を誘惑する悪魔とみなして、少女を追い払う。精神的に追い詰められた少女は、狂気におちいる。

作者の当初の考えでは、少女を飛び降り自殺させるつもりだったという。ストーリーだけ取り出したのでは、カトリックであった作者の真意は伝わらないと思うが、この暗鬱きわまりない小説に、ヒロインと同じ年ごろだった私は、一種の救済を感じていた。
向日的であれと説教する児童文学ばかりでは、追い詰められた子供は救われようがないと、そのころの私は思ったのだった。いまもそう思っている。

『読売新聞』一九九九年一月二十五日付朝刊

『動物と子供たちの詩』

小説を映画化したものは、たいがい原作を超え得ないのだが、『動物と子供たちの詩』はどちらもよかった。主人公だけでなく、グループの数人の子供をひっくるめて私のヒーローである。

映画は昔見ただけだし原作本も紛失してしまったので細部はうろ覚えだが、健全でたくましくて強いアメリカ的理想像に沿った子供をつくるためのキャンプがある。そこに投げ入れられた少年たちの物語だ。集まった子供たちは、いくつかのグループに分けられる。その中の一つは、落ちこぼれとされた者が集められる。おねしょばっかりするマザコン少年だの、富豪の息子である手に負えない悪餓鬼（これが一番魅力的だった）だの、軍人だった亡き父親を崇拝している少年（これがリーダー的存在）だの。キャンプの指導者は彼らを理想のアメリカ人に矯正するため、徹底的にしごく。

キャンプの少年たちは、ある日、保護地区のバッファローを射殺する計画を知る。数が増えすぎたので、ハンターが射殺し適正な頭数に調整するのである。落ちこぼれたちは、バッファローを救う目的で、キャンプを脱走する。途中、幾多の困難が生じるが何とか切り抜け、目的地に達する。柵（さく）の出口を開け、バッファローを逃がそうとするが、一頭として脱出しない。野牛たちは餌（えさ）をもらう生活になじみ、危機が迫っていることを知らない。ハンターたちがやってくる。少年のリーダーはバッファローを出口に暴走させようと、車ごと群れに突っ込み、崖(がけ)から転落する。ハンターたちは発砲する。残った少年たちが大人たちへの怒りをこめた拳(こぶし)を、空に突き上げる。

寓意(ぐうい)が強すぎはするけど、虚偽に満ちた大人の社会へのノーで終わるこの物語が好きだ。ノーと言っても、何も変わりはしないのだけれど。

『読売新聞』一九九九年二月一日付朝刊

『僕の村は戦場だった』のイワン

戦争、そうして子供が敵に対して抱く憎悪を、映像詩のように描き出したのが、アンドレイ・タルコフスキーの『僕の村は戦場だった』である。このタイトルのおかげで私は見当外れな先入観をもってしまい、見たのは封切り後ずいぶん経ってからだ。子供と戦争の紋切り型の話かと思ったのだ。原題は『イワンの少年時代』。原作『イワン』は翻訳されてないようで未読だけれど、もし読めたら、たぶん好きな物語のひとつになっただろう。

戦争をこれほど静かに美しく描いた映画はほかに知らない。美しくといっても、戦争を美化しているのではない。映像美のことである。母親を銃火で殺された少年イワンの哀しみは敵への憎しみに凝固し、志願して斥候兵（せっこうへい）となる。

映画大学の卒業製作を勘定に入れてもこれがタルコフスキーの二作目で、後年の作品に比べたら、ごく単純な筋立てである。凡庸な監督によって作られたら、ただの戦意高揚、あるいは戦争美談、あるいは教条的な反戦映画になったことだろう。

のちのタルコフスキーの映画の多くがそうであるように、水のイメージがこころにしみ入る。敵の姿はほとんど、闇（やみ）に光る砲火、銃火によってしか画面にあらわれない。

ふっくらした幼児から鋭角的な青年に変ぼうするその間の、ごく短い時間、恩寵（おんちょう）のような美しさを少年が示す時がある。そうして、映画の役柄と役者とが不可分なほどぴったりすることがある。
顎（あご）の細い、あどけない顔、貝殻骨が突き出たやせこけた背中。麻幹（おがら）の芯（しん）に火が燃えているようなこの華奢（きゃしゃ）な少年でなくては、イワンの哀しみと憎しみは切実なものとしてつたわってこなかっただろう。イワンと、そしてそれを演じた少年ニコライ・ブルリャーエフが、私の愛するヒーローの一人である。

『読売新聞』一九九九年二月八日付朝刊

『白痴』のムイシュキン公爵

ドストイェフスキーの名をあげるのは、僭越で身がすくむのだが、『白痴』のムイシュキン公爵こそ、我が最高のヒーローである。

これまでにあげたヒーロー・ヒロインはすべて子供であった。ムイシュキン公爵もまた、世故に長けた大人ではない。あまりにピュアで、そのために悪魔的ですらある、大人の常識でははかれない、奇妙な魅力を持つ半病人。子供の時に読んだのだから、多分に情緒的に共感してしまい、深く理解してはいないのかもしれないが。

『白痴』は、多くの国で映画化され舞台化されている。しかし、ムイシュキン公爵だけは、だれが演じても小説との乖離が大きすぎる。ジェラール・フィリップでも小説のあの不思議な陰影はあらわせなかったし、黒澤明が監督し森雅之がムイシュキンに相当する役を演じた日本版『白痴』は……。あげつらうのはよそう。劇団四季が松橋登の主演で舞台にかけてもいる。松橋登の美形ぶりは印象に強いのだけど……。あげつらうのはよそう。

子供のころから、暗い重い作品が好きだった。小説ならロシアのもの、それも、チェーホフは肌に合わず、もっとも惹かれたのはドストイェフスキーであり、戯曲なら北欧のストリンドベリであった。『カラマーゾフの兄弟』は、もちろん好きな作品の一つなのだが、最後にアリョーシャが子供たちに未来への希望を語るところで、子供だった私はちょっとがっかりしてしまうのだった。

小説を書きはじめたころ、軽い明るいものを書けと編集者に言われ、困り果てた。二十数年前のことで、ネクラという言葉が流行(はや)っていた。否定的に使われたのである。暗いのはすなわち悪いことという風潮であった。生来暗いものに惹かれるたちなのに、明るく軽く書けるわけがない。

ようやく、声を大きくして言えるようになった。ムイシュキン公爵こそ、私のヒーローだ。

『読売新聞』一九九九年二月十四日付朝刊

第二部　かぶき事始

二つの出会い

敗戦直後の映画館のようなおんぼろの芝居小屋が、大阪ジャンジャン横丁を通り抜けた、ストリップ小屋やポルノ専門の映画館、大衆酒場が並ぶ一画にある。入口の前に立てかけられた花輪がなければ、立ち腐れの物置と見まちがえそうだ。木戸銭は去年まで四百円、今年値上げして五百円になった。

中も、おそろしく汚ない。ざらざらしたコンクリート打ちはなしの土間に、木製の椅子が、百五、六十席。左手は一段高い桟敷、その更に左は、売店のある幅四尺ほどの土間で、便所への通路にもなっている。そこに石油ストーヴを一つ据え、それがこの小屋の唯一の暖房設備である。

板の椅子は冷たいし臀(しり)が痛くなる。そこで、金五十円を払って、小屋で用意してある座蒲団を借りる。貸してくれるのは、たぶんこの小屋の持主だろうと思う五十ぐらいの小柄な小母ちゃんである。

開演時刻より三十分も早く入って、がら空きだから前の方に坐ろうと思うと、小母ちゃんがとんできて、そこは、だめ、とってあるんだから、と、胸をはっていう。見ると、椅子の大半に、新聞紙がひろげてある。常連さんのために、小母ちゃんがいい席を確保しておくのである。ふりの客は、しかたないから、すみっこの席に小さくなる。ストーヴの熱が届かないので、網走の流氷見物みたいに底冷えが腹につたわる。（この寒さのおかげで、休憩時間には、小母ちゃんが売りにくるほかほかの肉まん、餡まんを買わずにはいられなくなる。）

舞台脇の壁に、

日本一汚ない劇場
日本一安い料金
日本一上手な役者
日本一熱心な観客

それが当館の誇りである

と書いた紙が貼ってある。

客が入ってくるたびに、小母ちゃんは、そこに坐れ、あそこに坐れといそがしく指図する。常連は確保しておいた見やすい席に案内し、毛布まで只で貸してくれる。とても親切なのである。

この浪速クラブは、いまは大衆演劇といかめしい名で呼ばれる〈旅芝居〉の常打ち小屋の一つである。浅草の木馬館や十条の篠原演芸場、川崎の大島劇場なども、決してきれいとはいえないけれど、この小屋にくらべたら、料亭ぐらいの感じになる。

去年、旅芝居の取材のため大阪に行ったとき、案内してくれた旅芝居にくわしいHさんが、常打ち小屋で一番きれいな所と一番ひどい所をみせますと言った。

一番きれいなところというのが、浪速クラブのすぐ近くにある朝日劇場で、旅芝居の常打ち座館というのをはじめて見た私は、え、これできれいなの？　と驚いた。花道があるのをのぞけば三流どころの映画館というふうだ。きれいというから日生劇場あたりの感じと思いこんでいた私は、あまりに認識不足であった。しかし、次に浪速クラブに連れていかれ、納得したのである。なるほど、これにくらべたら、朝日は大劇場だ。

そのとき見た芝居が、また、ひどかった。前歯のぬけた爺さん役者が、皺だらけの顔を白塗りにして、白装束の二枚目姿。若い男女が仇討ちするのを助太刀し、首尾よく仇を討ちとったものの深傷を負い、二人に泣きすがられ感謝されながら落命するという大詰めに、こっちは拒絶反応ばかりが強くて、困ったなと思った。旅芝居を素材に長篇ミステリを書き下ろす、その取材の第一日目だったのである。

素材に何かしら魅力を感じなくては、物語は書けない。ところが、その後、あちらこちらの劇団を見て歩き、座長さんや座員さんに会って話をきき、しているうちに、ミイラとりがミイラにという俗諺そのままに、いささか中毒症状を呈するようになった。その経緯は、この規定枚数では書き切れないからはぶくけれど、これなら旅芝居を素材に書ける！　と、はずみがついたのは、二つの出会いが大きな力になっている。

一つは、九州嘉穂劇場の〈奈落〉との出会いである。明治の終わりだか大正初期だか忘れたが、昔建てられた古い芝居小屋がそのまま残っていて、廻り舞台も、いまの機械で動かすものと違い、手動である。薄暗い奈落と舞台を結ぶ切り穴の梯子に一人でうずくまっていると、物語が醱酵してゆく手ごたえが感じられた。時間の制約がなかったら、丸一日でも、じっとうずくまっていたいほど、居心地のいい場所であった。少し大袈裟な言葉でいえば、私の魂の形がすっぽりと隙間なく嵌りこんだような快さであった。

もう一つの出会いは、ある役者が舞台で見せた、瞬間の陶酔的な燦きである。それ以来、彼の舞台を重点的に見てまわり、放浪芸の魅力にとり憑かれるようになった。すべてが管理化された今の社会で、制外の人々がいるということは、この上ない魅力であった。――その後取材をかさねるうちに、彼等とて、決して気ままなジプシーではなく、むしろ厳重な管理下にあることを知ったのだが。

今年の一月、一年ぶりに浪速クラブに行った。小母ちゃんはあいかわらず元気に、客を顎で指図して、席につかせていた。ほかほかの饅頭は、冷えたおなかに、ことのほかうまかった。

『オール讀物』一九八五年五月

田之助を書きたい

三世澤村田之助に関する資料を探しているという一文を、週刊誌の掲示板に載せていただいたところ、何人かの方々が、さっそく協力してくださり、ありがたかった。

田之助の名をはじめて知ったのは、小学校の三年か四年のころだった。脱疽（だっそ）という病のおそろしさを知ったのも、そのときであった。

凄艶な美貌の女形が、病のために両手両足を断ち切るに至る無惨さは、田之助に奔弄され身をもちくずしてゆく高僧の末路とともに、強烈な印象を子供の心にきざみ、以来、心のすみに残りつづけた。

読んだのは、昭和の初期に平凡社から刊行された『現代大衆文学全集』の一冊である。ちなみに、青竹色の表紙のこの全集は、小学二、四年当時の、愛読書であった。『御洒落狂女』だの『鳴門秘帖』だの、『紅はこべ』を下敷きにした『落花の舞』だの、親の目をしのんで読みふけった。

長いあいだ、この田之助の物語を、舟橋聖一の『田之助紅』と思いこんでいた。

一昨年、思いたって江戸歌舞伎関係の資料集めをしているとき、神田の古書店で、『澤村田之助』『澤村田之助曙草紙』の二冊を手に入れた。

前者は、矢田挿雲著、報知新聞社刊。大正十四年の発行である。

後者は、明治十三年、岡本起泉の著したものを、『明治文学名著全集』の一巻として、昭和二年に発行されている。

子供のころに、夢中になって読んだのは、この、矢田挿雲の著作であったことがわかった。報知から出したものが、後に、平凡社の全集に入れられたのであった。

更に、二冊を読みくらべて知ったのだが、挿雲の田之助は、岡本起泉の『曙草紙』をほとんどそのまま下敷にし、更に淳朴な田舎娘の物語を創作してからませてある。

田之助といえば、淫蕩無頼、男も女も手あたり次第にだまし、その恨みで手足が腐り……というようなイメージが固定したのは、この『曙草紙』の与えた影響が大きいようだ。

しかし、田之助と同時代人の役者たち、中村仲蔵とか五代目菊五郎、澤村源之助、大道具師長谷川勘兵衛などがのこした記録から、田之助に関する断片を拾い集めると、興味本位の講談調のよみものである『曙草紙』や、それを下敷にした挿雲の『澤村田之助』からは思いもよらない、実に魅力のある役者像が浮かびあがってくる。

きわめて傲慢、我儘であったことは、有名な事実らしいが、それを裏づけるだけの役者としての実力も充分にあったようだ。

相手役いびりも、なかなかのものだったらしい。だが、そのいびり方が、颯爽としている。陰にこもらず、万事が闊達なのだ。

その当時の戯れ唄に、

〈新車増長、田之高慢、芝翫ぼんやり、権ちゃんナマナマ〉というのがある。

それぞれの役者のもっともきわだったところを、一言でいいあらわしている。

権ちゃんは、権十郎、即ち、後に明治期の役者のなかでは神さまみたいに言われた九世團十郎である。ナマナマは、芸がまだなまっちょろい、の意味である。若いころの團十郎は、くそまじめだが芸は鈍で、田之助と家橘（後の五代目菊五郎）の方がはるかに才気があり、舞台もみごとだったようだ。

田之助と菊五郎は年ごろも近く、子供のころから仲が好かった。舞台でも、いいコンビだった。人の好き嫌いのはっきりしている田之助は、菊五郎には胸襟をひらいたが、少し年上の團十郎とは犬猿の仲だったようだ。

團十郎のくそまじめな陰気さは、華麗な田之助とあい容れなかったのだろう。互いに虫が好かないというやつだ。

團十郎は後に、歌舞伎を高尚なものに改良しようとつとめるわけだが、手足を切断してもなお舞台に執着する田之助を評して、「ああいうのがいるから、歌舞伎がいつまでも因果物の見世物と同等に扱われる。あんなやつは早く死ねばいい」と言ったという話がつたわっている。

もっとも、田之助の方でも、團十郎に水銀を呑まそうとしたのを、團十郎の弟子が身替りになって呑んだという噂がある。

役者同士の激越な闘いは、素材として、書き手の私をわくわくさせる。

手足を切った後も、田之助は舞台に立ち、見物人を魅了しつづけた。不自由な軀で、どうやって芝居をしたのか不思議に思っていたのだが、大道具師長谷川勘兵衛が、田之助に頼まれ、工夫をこらしたということが、資料からわかった。また、「明烏（あけがらす）」では禿（かむろ）を二人にし、その子供たちをたくみに使うなど、田之助の工夫もみごとであったそうだ。

目下、ミステリを一本書いている最中だが、それがあがったら、念願の田之助にとりくめる。伝記ではない、私の田之助を書くつもりだ。

『現代』一九八六年十二月

かぶき事始

昨年の『恋紅』、今年の『花闇』と、このところ、江戸歌舞伎を素材にした書き下ろし長篇の仕事が続いている。『恋紅』は、無名の小芝居の役者、『花闇』は三代目澤村田之助を、それぞれ素材にしている。

どちらも、幕末から明治初期に時代背景をとっているが、江戸歌舞伎に目を向けていると、必然的に、かぶきの始祖といわれる出雲お国への興味が湧いてくる。で、目下、お国を素材にした長篇の書き下ろしにとりかかっている。

出雲お国は、すでに、多くの作家、劇作家によって描きつくされた感がある。ことに、有吉佐和子氏の『出雲の阿国』は、お国の少女時代から死までを描いた力作である。

夥しいお国像が描かれているのに、更に屋上に屋を架する気になったのは、お国の実像があまりに曖昧模糊としており、どのようにも想像力をひろげる余地があるためかもしれない。

従来、お国について常識的に言われている事は、次のようなものだ。

出雲お国は、出雲大社の巫子出身で、京に上って念仏踊りを踊っていたが、やがて、名古屋山（さん）三郎（ざぶろう）と恋仲になり、山三がお国に早舞を教え、二人でかぶき踊を創始した。

更に、天下一の称号を与えられたとか、関白秀次がお国を招いてその踊りを観、自分の境遇が一介の踊り子お国にも及ばぬと涙した、というような逸話も伝わっている。

しかし、服部幸雄氏、盛田嘉徳氏、小笠原恭子氏らの御研究の成果によると、この殆どは、後世作られた、いわば〈出雲阿国伝説〉といったもので、信憑性はないという事だ。

出雲お国は実在しなかった、という説を唱えた学者も過去にいたそうだ。

しかし、お国という女は、確かに、存在した。と、服部氏も明言しておられる。

まことに片々たる記録ではあるが、お国のかぶき踊を見た、と、その当時の公卿などの日記にしるされている。


晴、於女院かぶきおとり有之、出雲国人云々、女御之御振舞也、内々衆多分、被召者也、

と、「慶長日件録」の慶長八年五月六日の条にある。

このかぶき踊が、女官の日記「御湯殿の上の日記」の同日の条には、

はるゝ、女ゐんの御所へ女御の御かたより、やゝこおとり御めにかけまいられ候て。く御にもならします。御はんハこなたにてまいる。

又、公卿の日記「時慶卿記」には、

天晴、女院御所へ女御殿御振舞アリ、ヤヽコ跳也、雲州ノ女楽也、

と記されている。

お国の芸能が、かぶき踊ともヤヤコ踊とも呼ばれていたわけである。即ち、お国は、やや子踊の一座を持っていたが、この時期、かぶき踊を始めた。そのため、移行期に、見物によって二つの名称が混用された、と推察できる。

お国といえば念仏踊がつきものだが、これは、後世つくられた『国女歌舞妓絵詞（くにじょかぶきえことば）』の挿絵の影響らしい。

出雲阿国は、これまで、たいそう美化され、芸道一すじの美女、というふうに描かれてきた。しかし、河原の芸人は、芸を売ると共に、色も売る、哀しく又奔放な人々であった。お国もまた、そういう一人であったに違いない。もう一人、佐渡島におくにという名が、信憑性の薄い記録の中にではあるが、歌舞伎の祖として瞥見できる。この二人をからませ、「二人阿国」の物語をするのが、目下の私の構想である。

『演劇界』一九八七年十二月

楽屋の鏡

ガラスの裏に錫（すず）を塗った〈鏡〉がはじめて作られたのは、十五世紀、ヴェネツィアにおいてだそうだ。十七世紀末、ガラスの製法が球吹法から溶液を流して作る方法に改められてから、鏡も面積の広いものの製作が可能になった。

日本でガラスの鏡が一般に使われるようになったのは、明治に入ってからで、それ以前は、銅鏡が使われていたのは周知のことである。

昔の鏡でも、大きいものがなかったわけではないらしい。

中国の書物には、蜀王の妻の墓は、径二丈高さ五丈の石鏡をもってした、とあるし、『甲陽軍鑑』には、武田信玄が広さ一間弱の鏡を鋳させたと記されてある。

しかし、庶民の風俗を描いた浮世絵などを見ると、日常使われているのは、顔一つようやくうつるような手鏡ばかりであって、全身をうつす姿見は見あたらない。

芝居小屋の楽屋を描いたものを見ても、同様である。

何か不思議な思いがする。

役者は、扮装した自分の全身を、自分の眼で視ることはなくても、不安や不満はなかったのだろうか。

顔と鬘に関しては、合わせ鏡もあり、存分に見ることができるけれど、衣裳をつけて変貌した自分をくまなく見ることができないというのは、ずいぶん不如意なことではあるまいか。

それとも、私が無知なだけで、楽屋には大鏡が備えてあったのだろうか。

歌舞伎座のような大きな劇場の楽屋は、私は知らないのだが、旅役者さんの楽屋は何度かのぞいたことがある。座長の部屋は姿見のあるものもあったが、たいがい、手のひらよりちょっと大きいぐらいの、顔がようやくうつるだけの手軽なものを使っていた。

鏡なしで、手早く着物を着、帯を締める。いっこう不自由はないらしい。

それを見ていると、昔の役者も、姿見など無いのが当り前、大きな鏡があればという願望すら持たなかったのかも、とも思う。

しかし、今は、カメラがある。写真によって、自分の扮装を客観的に見ることができる。ヴィデオもある。

江戸のころは、もちろん、カメラなど無い。高名な役者なら、絵師が似姿を描いてくれはする。目千両の半四郎、鼻高幸四郎など、一目でそれと見わけがつくように特徴をとらえてはあるけれど、カメラほどリアルではない。そうして、一枚絵など描いてもらえぬ役者の方がよほど数は多かった。

彼らのナルシシズムは、どのようにしてみたされたのだろう。

もっとも、自分の全身を鏡で見るというのは、時に、おぞましくもある。繁華な通りを歩いていて、ショーウィンドウなどに、突然自分の姿を見てぞっとすることがある。脳裏に漠然と在る己れと、鏡に容赦なくうつし出された姿との落差が、あまりに大きいのだ。化粧し、衣裳をつけたとき、完璧に美しい理想の己れが、役者の瞼の裏に顕ったのかもしれない。江戸の役者たちは、それで満足していたのだろうか。

磨きぬかれ、実際の役に立っている銅鏡を、残念なことに、見たことがない。写真で、あるいは博物館などで、やや錆の生じた背面を見るばかりだ。錫アマルガムで表面を処理し、充分に磨いた銅鏡は、たいそう明瞭に物をうつすという。しかし、ガラスの鏡より、何か奥深い昏さを持つように感じられる。暗い楽屋で、暗い鏡でつくる江戸の役者たちの皃を、暗い江戸の小屋で見てみたい、と叶わぬことを思っている。

『演劇界』一九八九年二月

近頃みーはー事情

　このところ、ひさびさに、楽しくミーハーしている。

　かつて、アングラが盛んだったころは、こちらもまだ体力があり、開場前、何時間も行列し、超満員の桟敷で汗みずくになって長時間舞台に見入るのも辞さなかったのだが、アングラ衰潮とこちらの体力衰退が、歩調をあわせ、小劇場から足が遠のいていた。

『新劇』誌のグラビアなどで、これは観たいな、と思っても、チケット入手のめんどうくささ、行列、などと考えただけでおっくうになり、ほとんど見逃していた。

　何年か前、説教浄瑠璃に興味を持ち、横浜ボートシアターの仮面劇「小栗判官（おぐりはんがん）」を観た。舞台はたいそう面白かったのだが、やはり、開幕前の行列に疲れた。

「花組芝居」も、名前だけは聞き知りながら、タイニイアリスやザ・スズナリのあの狭い座席でおしあいへしあいして観る元気はなく、機を失していた。

　たまたま、八月の中頃だったろうか、『花組芝居戯場図会』なる写真集を書店でみかけ、買い求めたところ、これは、ぜひとも観なくちゃ、と、わくわくした。「花組芝居」は、歌舞伎をもじって、思い切りキッチュな感覚で仕上げたところに特徴がある、というていどの予備知識はあったが、スチールでみるだけでも、そのキッチュぶりが、なんとも楽しい。『ぴあ』で調べたら、ちょうど、九月に公演があり、しかも、全席指定。これなら、楽に坐って観られると、ちけっとぴあで前売りを入手。

ところが、チケットを買ってまもなく、入院の羽目になった。去年の秋あたりから、睡眠障害で体調が悪く、どうにか、からだをだましだまし仕事していたのだが、油がきれてしまった。診察を受けにいったら、貧血がひどいということで、その場で即、入院を命じられ、あ、「花組芝居」はどうなるの、前売り買ってあるのに、と、まことにミーハーの心境。大劇団の興行とちがい、一度見損なったら、次の公演はいつのことか。(間違える方はいないでしょうが、「花組」といっても、宝塚とは違うのです。)

入院生活は四週間近くなり、諦めていたら、外出許可がでた。病み上がりのふらふらの身で横浜の本牧(ほんもく)まででかけたのだから、ミーハー精神は、健在だ。

本牧の舞台は、南北の「隅田川花御所染」をもじった「ザ・隅田川」。

現在はカットされることの多い鏡山との綯(な)い交(ま)ぜをきちんと生かし、そのくせ、あっけらかんと、まんが的で、この楽しさは、あとをひきそうだ。ちなみに、役者も歌舞伎なみに、野郎ばかりという凝りかた。

『大衆文学研究』一九八九年十二月

炎と煙

舞台で、女が煙草をくわえ、マッチを擦った。記憶はたしかではないが、ライターではなかったと思う。小さい火を煙草につけ、かるく吸って、煙を吐く。

ごくありふれたその一連の仕草が、客席のわたしを、しらけた現実にひきもどした。

あくまで、虚構の世界であることは承知していながら、いつとなくひきこまれ、客席に在る自分のからだを忘れ、透明人間になって、舞台の嘘にとけこんでいたのに、一本の煙草が、あるいは、煙草の煙が、舞台と客席との距離、演技者と観客の乖離(かいり)を感じさせてしまった。

あの瞬間の覚醒を、いまでも、不思議に思っている。

おそらく、嘘で成り立っている世界に、唐突に、現実にある〈本当のもの〉がわりこんだためだろう。

舞台装置、衣裳、小道具。すべて、芝居のためにつくられた嘘。登場する生身(なまみ)の人間も、舞台では、〈つくられたもの〉。そこに、煙草の煙だけが、あまりになまなましかったためか。

〈火〉は、ほんものが舞台につかわれても、覚醒をうながすどころか、逆に虚構の陶酔感を深める力をもつ。

野暮な消防なんとか法（正確な名称を知らない）のおかげで、ほんものの火はめったに使われないけれど、セゾン劇場のこけら落としの「カルメン」では、焚き火の炎が効果をあげていた。（外国から来日の芝居なら許可し、日本人の場合はだめ、なんだ。）

四国の金丸座（かなまるざ）は、江戸の芝居小屋のおもかげを残していることで有名で、桟敷に坐って見物するのは、なかなかいい気分なのだが、舞台の前面にならぶ、通称いざりと呼ばれる蠟燭の照明は、残念なことに、今は形は蠟燭だけれど、実は電灯のまがいもので、しらける。

天井桟敷の芝居には、しばしば、マッチの火が使われていた。漆黒の闇のそこここに灯っては消える小さい火は、異界への導き手であった。

登場人物が煙草を吸う芝居は、幾度もみているのに、その芝居にかぎって、陶酔から醒まされたのは、戯曲が、極度に人工的に構築されているためだったのではないかと、あとになって思った。せりふも動作も、日常べったりの平板なリアリズムを排した、ゆきとどいた嘘でつくりあげられ、しかも、歌舞伎や新派のような様式的なものではない。マッチをすって、煙草に火をつける。その仕草が、女優の日常を舞台にひきいれてしまったのではなかったろうか。

この些細なことがいつまでも心に残っているのは、わたし自身が物語をつくるとき、読んでくださる方を、嘘の世界に強引にひきいれ、覚醒する隙をあたえまいとつとめているためかもしれない。

ほんの小さな破れ目も、読者をしらけさせる。

歌舞伎をしばしば題材にするので、よほど芝居通だと誤解してくださる方が多いのだが、実のところ、歌舞伎の舞台は、数えるほどしか観たことがない。

ほとんどが、文献や資料から得た知識にたよっている。

そのため、ときどき、とんでもない間違いをやらかす。

芝居の外題を間違えて書いたことがある。

知らない方は読みすごしてくださるけれど、気づいた方は、そこで、しらけきり、作者が苦心してつくりあげた嘘物語は、化けそこなった狐狸同然。

で、今さらながら感嘆するのは、山田風太郎氏の嘘八百である。あの壮麗な嘘の世界を陰でささえているのは、膨大な、そうして正確な知識であることを痛感する。

明治開化ものの一つに、羽左衛門の登場するものがあった。よく知られたことだが、羽左衛門は混血で、本人には秘して日本人夫婦の養子にされ、歌舞伎役者として絶大な人気を得た。菊五郎や團十郎とともに、天覧芝居をつとめるという当時の役者にとっては大変に栄誉な事件があった。

その出し物を、作者は、故意に、事実と変えた。親子の獅子が舞う「連獅子」にしたのである。観覧席には、親子の名乗りをあげることのできぬ実母がいる。

作者の、みごとな嘘の勝利であった。

『すばる』一九九一年一月

説経と幻想

世の嗜好（しこう）の移り変わりにつれ、古い物語は忘れ去られつつあるけれど、安寿と厨子王（ずしおう）の姉弟の悲譚（ひたん）は、いまなお、命脈をたもち、弟のために身を犠牲にする〈安寿〉は姉の弟にたいする献身的な愛の代名詞とまでなっている。森鷗外の「山椒大夫」はいまも読みつがれ、溝口健二によって映画化された。唐十郎氏の「安寿子の靴」も、安寿と厨子王の物語に触発された現代小説である。

小栗判官（おぐりはんがん）の物語は、歌舞伎のだしものの一つであり、さきごろ猿之助一座が梅原猛（たけし）氏の脚本で上演して、ひろく知られるようになったが、ユニークな仮面劇を演じる劇団「横浜ボートシアター」のレパートリーの一つでもある。「しんとく丸」は、歌舞伎では改作されて、ギリシャ悲劇のフェードルを思わせる「摂州合邦辻（せっしゅうがっぽうがつじ）」となり今も時折上演される。また、折口信夫はこれをもとに「身毒丸」を著し、最近では人気の高い小劇場「花組芝居」の座付き作者兼演出家兼座長の加納幸和氏がみごとに劇化した「怪誕身毒丸」が舞台にかけられている。

＊　＊　＊

いったん忘れられたようにみえても、時をおいてさまざまな作品となってよみがえるこれらの物語、山椒太夫も小栗判官もしんとく丸も、ルーツは「説経」と呼ばれる語り物にある。

説教とも記すけれど、僧侶が説き聞かせる法話とは異なる。物語を語るのは諸国を漂泊する芸人たちである。語られる物語は、冒頭と末尾において、神や仏の縁起を庶民に教える形をとってはいるけれど、中心は、聞く人々の心の底にとどく、起伏に富んだ哀切な物語である。簓をすり鳴らしながら路上で語る者は漂泊者であり、聴きいるのもまた、高雅な教養はもたぬ、文字も読めぬ人々である。

したがって、詞は、謡曲などにくらべれば平易にして俗といわれる。その〈俗〉といわれる詞のやさしい美しさと、ときに平然と語られる残酷さに、私はまず惹かれたのだった。

＊　＊　＊

〈いたはしや姫君の、丈と等せの黒髪を、手にくるくるとひん巻いて、ひざの下にぞかい込うだり。〉

〈丈と等せの黒髪をさつと乱いて、面には油煙の墨をお塗りあり、（略）心は物に狂はねど、姿を狂気にもてないて……〉（共に、新潮日本古典集成『説経集』より引用）

前者は、安寿が山椒太夫の息子三郎に折檻をうける場面であり、後者は、小栗判官の妻照手姫が餓鬼阿彌の車を曳く場面である。餓鬼阿彌は、照手の父に殺された剛毅な小栗がよみがえった、〈足手は糸より細うして、腹はただ鞠をくくたやうなもの、あなたこなたをはひ回る〉（引用同じ）無残な姿だが、照手はそれが夫とは知らない。

安寿、照手、ふたりの異なる女が、〈丈と等せの黒髪〉という同じ言葉で飾られている。

近代・現代の文学のような個性をきわだたせる形容はなく、美しい女はひとしなみに、〈丈と等せの黒髪〉である。

女の美しさ、髪の美しさをいう言葉はさまざまあろう。辻に立って簓をかきならす説経と、そのまわりにたむろする聴衆のあいだに、おのずと、ひとつの言葉が選ばれた。

この短い単純な形容から、語り手、聴き手、それぞれの想像力のあたうかぎりの美しい女が、語りの空間に顕現する。

美しく、そうして凜乎とした女たちである。安寿は弟のために我が身を滅ぼし、照手姫は遊女屋に売られながらも亡き夫小栗に操をたて十六人の下女の水仕事をひとりではたすことによって、客をとるのを免れる。

荒磯におりて汐を汲む安寿の髪は、潮風に赤茶けたことだろう。十六人分の水仕事を一手にひきうけた照手の髪は、手入れの暇もなくそそけたことだろう。そのようなリアリズムの描写はなくても、〈丈と等せの黒髪〉の一語が、安寿の、照手の、苦難、勁さ、いとおしさを、聴衆の胸に刻む。

登場人物が涙にくれて泣き伏すとき、説経はつねに、〈流涕焦がれてお泣きある〉の情緒深い一言でしめくくる。

しいたげられた漂泊の語り手とこれも貧しい聴き手のあいだには、その一言で成立する感情の交流があった。

＊　＊　＊

日本古来の文芸は、説経ばかりではない、平曲にせよ、幸若（こうわか）にせよ、能楽にせよ、浄瑠璃にせよ、それぞれ、こよなく美しい詞章にみちている。類型的な詞章によって成り立つとも言えるけれど、それらの持つ美しさは、情緒の深みに碇（いかり）をおろし、平板な日常を超え、その奥底の本質を具象化する。これを、私は、〈幻想〉と呼ぶ。幻想は写実よりはるかに真実と、私には感じられる。

しかし、言葉を享受する側に、語り手と共通する感性が失われたら、幻想は無意味な言葉の羅列と化すだろう。雑駁（ざっぱく）な言葉が横行する世である。美しい言葉たちが在りつづけられるようにと、願う。

『朝日新聞』一九九一年六月十一日付夕刊

芸能の流れ

時代・歴史物とジャンルわけされる分野のものを書きだしてから、日は浅い。

これで、五、六年というところだろうか。

関心はありながら、とても手に負えないと思っていた。

たまたま、旅芝居を素材にしたのがきっかけで、過去への旅もはじまった。

わけいると、興味深い素材の宝庫だ。

ことに、芸能の流れのありように目がゆき、幕末から化政、近世初期とさかのぼりつつ、その時々の芸能を渉猟している。

一篇一篇は独立した長篇でありながら、通読したとき、表の歴史にあらわれぬ芸能史がみえてくるような仕事ができたら……と思う。

幕末は、三代目澤村田之助、化政期は四代目鶴屋南北、近世初期は歌舞伎の始祖・出雲阿国（いずものおくに）、と、まだ、とりあげたのはそのくらいで、芸能以外にも書きたい素材はいろいろあるから、前途は程遠い。

澤村田之助は、壊疽によって手足を失いながら舞台に立った、美貌の女形である。

壊疽は脱疽ともいい、骨肉が腐敗するので、当時は切断するほかはなかった。田之助の手術をしたのは、横浜に診療所を開設していた米人医師ヘボンである。

江戸歌舞伎最後の女形でもある。

彼が凋落したのは、江戸が東京と変わったちょうどその時だった。

替わって擡頭してくるのが、演劇改良運動の推進力となった九代目市川團十郎である。

田之助と團十郎の人気交替は、実にみごとに時代の変遷と符節をあわせている。

新富座が開場し、江戸の雰囲気が一掃された改良演劇が大臣やら異国の高官やらの前で華々しく演じられたそのとき、江戸の女形・田之助は、座敷牢で自害して果てたのだった。

同じように時代を感じさせるのが、「東海道四谷怪談」「桜姫東文章」などの作者として知られる鶴屋南北である。

江戸爛熟期と一口に言われる、文化文政時代。

南北が立作者としてはじめて認められたのが、文化元年（一八〇四）。そうして、文政末期の文政十二年（一八二九）に、彼は没している。

南北が世に出たのは、異常におそい。文化元年、彼はすでに、五十歳だった。没するまでの二十五年間、傑作を書きつづけた。

化政期は、彼とともに始まり、彼の死によって終わったとも言える。

不思議な暗合を感じる。

出雲阿国もまた、時代の転換期に出現した。

関が原の合戦の直後ごろに擡頭し、大坂冬の陣によって豊臣が滅び、徳川の世になったころには消えている。十年ほどの短い間に、輝かしい光芒をはなち、消えたのである。

こう見てくると、傑出した芸能者は、時代が人の形をとって具現したかのようにも思える。

先の話になるが、これから書こうとしているのは、江戸初期、遊女歌舞伎が禁止され、やがて野郎歌舞伎が盛んになるまでの、ごく短い間にきらめきたった若衆歌舞伎を材にとったものなのだけれど、これには、時代の寵児といった代表的な人物はみあたらない。

となると、架空の人物を登場させるほかはないが、これもまた、書き手としては楽しみなものだ。

『歴史と旅』一九九一年七月

華と陰翳
――福助讃

名前というものは、まことに不思議な力を持つと感じます。もしかしたら、それは、一つの器のようなものなのかもしれません。満たす中身によって、命をあたえられる器。

襲名というのは、一つの器に、次々に、新しい命があたえられてゆくことなのでしょう。代々の命を受け継ぐとともに、新たに、自分の命をくわえ、器はさらに大きくなり、役者の命もまた、より華麗に、より壮麗に、みずからの輝きを増すのでしょう。

輝きは、陰翳を伴わなくては、真の輝きとは言えないのですが、新福助さんの舞台にはいつも、気品、華やかさとともに、不思議な奥行きを思わせる陰翳を感じていました。

素顔の新福助さんが、きわめて明るい現代青年であるとうかがうと、平板なリアリズムを超えた、あの幽艶な雰囲気は、どこから生まれるのだろうと、いっそう、不思議な気がします。

歌舞伎座の大舞台に咲き誇るにふさわしい絢爛とした花であるとともに、古風な蠟燭芝居でも、凄味を見せてくださりそうな気がします。

歌舞伎が持つ、闇の混沌の力。

舞台に新福助さんがすらりと立つと、その背後に、それを感じる瞬間があるのです。

いままで、若さの盛りの花をぞんぶんに見せてくださった児太郎（こたろう）さんは、これから、福助の大きい名のもとに、大輪の芸の花を咲かせてくださることでしょう。

歌右衛門丈の薫陶を受けた「籠釣瓶（かごつるべ）」の八ツ橋は、〈児太郎〉時代の絶品として語り継がれてゆくでしょうが、さらにこれから、九代目〈福助〉の絶品が数々生まれるだろうことを思うと、劇場にかよう楽しみがふえます。


「四代目中村梅玉・九代目中村福助襲名開幕」『演劇界』一九九二年五月

美

——八代目團十郎その死

八代目團十郎といえば、まず浮かぶのが、謎の自害である。

花の盛り、人気は絶大の立役者が、なぜ、自死したのか。

一応、憶測の説は、ある。

父親の七代目團十郎——息子に名をゆずって、海老蔵と改名した——は、贅沢好きでやりたいほうだい。自分の借金の精算のために、息子を大坂の小屋に出勤させようとし、江戸市村座と契約している八代目は、板挟みになり、悩乱したあげく、死を選んだ。

父親の妾が、家政の実権をにぎっていたのも、憤懣の種となっていたという。

もともと、神経の細い、情緒不安定な性格でもあったらしい。

文政六年に生まれ、嘉永七年、三十代で歿した役者である。

性格にしろ、容貌にしろ、当時の記録や逸話にたよって想像するほかはない。

「俳優百面相」は、八代目の容姿について、次のように、言う。

〈勝れて美男子といふにもあらねど所謂粋で高等で上品で色気は溢れる程あれども否味でなく澄して居れども愛嬌があり女子の好くのは勿論ながら男子の好くのも非常……〉

〈音声は疳ばしりて高く故七代目今の九代目と等しく市川家代々特有の名調子にて口上などは弁舌爽快〉

彼の当たり役の一つに、「与話情浮名横櫛」の切られ与三がある。

与三郎は、前半の潮干狩りの見初め、妾宅の逢引きの場と、後半の源氏店とでは、がらりと、役柄がことなる。

前半は、世間知らずのうぶな若旦那、後半は、強請騙りを渡世とする、やくざ。

若旦那がはまる役者は、強請の場がはまらず、源氏店がはまる役者は、若旦那が似合わない、と、「菫坡翁筆記」は記している。

そうして、さらに、言う。

〈夫ゆゑ、與三郎は八代目に限るといはんも過賞にはあらざるべし〉

蝙蝠安と肩をならべて花道よりの出端、意気でいやみがなく、凄みのなかに色気があり、まず、見物をうならせた、と、絶賛し、〈しがねえ恋の情が仇〉の、例のセリフも、〈色気があって凄みがあって、実に露の垂れるやうでありし〉と、同じ褒め言葉を繰り返している。

当たり役は、他に、「明烏」の時次郎、「児雷也豪傑譚」の児雷也、「田舎源氏」の光氏などが、「俳優百面相」にあげられている。

与三郎と時次郎は世話物。児雷也、光氏は時代物。そうして、この四本は、いずれも、当時の新作狂言である。

時代、世話、どちらもこなし、新しい役柄を創造する力があったことを、この当たり役が、証ししている。

と、いくら孫引きしても、この二枚目役者の顔は、わたしには、まだ見えてこない。

他の役者は、父親の七代目にしろ、醜男のくせに人気は抜群だった小團次にしろ、一つ二つの挿話から、その特質がきわだって見えるのに。

「俳優百面相」にのっている次の逸話は、どうだろう。

〈同年（嘉永三年）中村座春芝居に助六を勤めしが、此時幕切に助六が這入る天水桶の水が一ト徳利金一分づつにして（略）注文多く、一桶の水にては引足らぬ程売れ、掛りの者はじめ思はぬ金儲けをせし者多く有りしが、是は贔屓の女連が此水にて白粉を溶き顔へぬる為に買求めしなりと〉

異様なエロティシズムを感じるのだが、エロティシズムの根源にあるのは、この場合、女たちの感性のありようではあるまいか。

男の肌の汗や汚れが溶けた水で白粉を溶き、己の頬に塗る女たちの、異様さ。

男があまりに自信にみちた濃厚なエロティシズムを発散すれば、女はむしろ、一足さがるのではないか。

清潔感のある男だったのではないか、八代目團十郎は、と、わたしは想像する。

〈純粋〉という言葉を、女たちは、好みがちだ。

〈純粋〉さを感じさせる男でもあったのではあるまいか。

〈純粋〉な気質は、言い換えれば、狭量で、融通がきかず思いつめると余裕がなくなる。

同性をもひきつけた、というけれど、三代目田之助のような蠱惑的な印象は、八代目からは、受けない。

女形と立役のちがいかもしれない。田之助は、希代の男たらし女たらしであった。

八代目が男をも惹きつけた魅力は、どこにあったのか。

〈世間では女嫌ひと噂せしが内実は大違ひなりしと坂野老人の話なり〉

彼の残した句がいくつかある。

　魚刎ねて涼しき月や水の隈
　枯れし野に一筋青し隅田川
　冬木立鳥居の赤き入日かな

句の巧拙は、その道に疎いわたしにはわからないけれど、感じるのは、八代目の目に映じる景色の寂寥感である。人気絶頂の役者の目に映るのは、このようなもの淋しい景色ばかりであったのか。

彼の遺筆に、「黄の泉を渡らんとせし夢さめて」と題して、

　雨露に活き返りたるふくべかな

の句がある。

夢の中で、彼は、すでに死の河をわたりかけ、生にたちもどっている。

人気役者の内側は、孤独と寂寥が空洞をあけ、その空洞に吹く風が、女をも男をもとらえ、引き寄せたのではなかったのだろうか。

「水もしたたる二枚目役者」『演劇界』一九九三年一月

江戸の子供たち

亀「おれが何にならァ。仁木弾正(にっきだんじょう)でせり出しのところをするからの、幸さんは團十郎が男之助(おとこのすけ)で、縁の下から出る所だァ。おめえそのとき、鼠になって、巻物をくわえて出さっし」

勝「おいらはいや。それじゃあ、幸さんに扇でくらわされるのだァ。おいらァいやいや。ただ這い出して頭をくらわされるばかりじゃあ威勢がねえぜなァ」

亀「そんならの、あのの、幸さんに踏めえられて居ながらの、ギックリときめねえ」

幸「私はいや。それじゃあ私が男之助よりは鼠の方が強くなるものを」

勝「そして、おれもいやだ。おれが鼠でギックリをすると、幸さんがあたまを痛くくらわせるだろう」

〈手足も墨だらけ、くろんぼうのごとくになり、目ばかりひからしてどやどやと〉湯屋に入ってきたのは、手習いをすませ、寺子屋から湯屋にかけこんできた子供たちで〈風呂の中で湯を口にふくんでふきかけるやら、ばたばたとたたきまわして頭からかけあうやら、大さわぎなり〉と説明がある。

三馬（さんば）が『浮世風呂』で描いている情景である。

子供たちが集まれば、おのずと芝居ごっこになったようだ。

番頭がおこりつけるのだが、そのセリフが、「この子供は騒々しい。武部源蔵さんの手習子は、皆いたずらだ」

いうまでもなく、『寺子屋』にひっかけてある。

子供たちの遊びは、「先代萩（せんだいはぎ）」。

人々のなかに、いかに芝居がとけこんでいたかがわかる。

亀というのはがき大将で、だれを仲間にいれるのいれないの、だれに何の役をやらせるのと、仕切っている。

幸さんというのは、おとなしい子で、しかも、たぶん裕福な家の子なのだろう。

「これをおまえに上げよう」

と、プレゼントをしていい役をもらうのだが、そのプレゼントが、豊国（とよくに）の役者絵である。

「おかたじけ」と、子供もよろこんで、幸さんにいい役をふりあてるのだから、どれほど、芝居がそうして役者が、子供たちにも人気があったたか、察しがつく。

そういえば、現代の子供たち――といっても、三十年ぐらい前になるか――風呂敷を首にむすんでスーパーマンごっこが大流行していた。

今の子供たちのあいだでは、アニメの人気キャラクターのカードを集めるのが、はやっている。

江戸の子供たちにとって仁木弾正も荒獅子男之助も、ごく身近なキャラクターだったのだろう。しかつめらしい難解な演劇であったら、子供はなじまない。

メルヘンというドイツ語が一般的になったのは、明治以降だが、その以前から、子供の持つメルヘンへの欲求は、歌舞伎で充分にみたされていたということなのだろう。

妖術使いだの、人間の姿をした動物だの、植物の精だの、と数え上げると、実に、歌舞伎はメルヘンの宝庫なのだな、とあらためて思う。

明治四十一年に、登張竹風（とばりちくふう）と泉鏡花によって翻訳紹介されたメルヘン劇、ハウプトマンの「沈鐘」は、どこか「道成寺」と通底する。

シェイクスピアの「テンペスト」のようなメルヘン劇が、歌舞伎のスタイルで演じられても違和感を覚えさせないのは、歌舞伎が本来、メルヘンとなじみやすい本質をもっているからであろう。

日常のリアリズムを超え、のびやかな想像力で飛翔するとともに、人間の意識の沼にひそむ残酷さや葛藤やらも、楽しい色彩で焙（あぶ）り出すのが、メルヘンである。

『演劇界』一九九四年八月

近松の描いた女たち

江戸時代に舞台にのった歌舞伎、浄瑠璃はおびただしいが、現代もくりかえし上演されるものは、歳月の篩(ふるい)にかけられても残るだけの普遍性と魅力をもっている。

その上、現代人の手で、ヴァリエーションを創造したいという意欲をさえわかせる。

アンダーグラウンド演劇が盛んになり、映画も、ATGなどが、若い監督の実験的な作品を上映し、観客もまた、積極的にそれらを享受していたころ、歌舞伎は、創造者の意欲を強く刺激した。

古典である歌舞伎と、前衛的な映画、演劇が、違和感なく溶け合ったのだった。

その、もっともすぐれた収穫の一つに、篠田正浩監督による『心中(しんじゅう) 天網島(てんのあみじま)』があった。

セットは、単純化された抽象的なものである。

限られた低予算のため、リアルなセットが組めないという事情があったのだが、それを逆手にとって、不思議な雰囲気をかもしだしていた。

モノクロでなくてはあらわせない美しい画面だった。

墨の文字を流し書いた白布が、床一面をしめ、その上に横たわる小春と治兵衛の骸。

ざんばらに乱れた二人の髪が、墨の文字に溶けいっていた。

この映画のもうひとつの特色は、黒衣をとりいれたことである。

昨今は、歌舞伎以外でも黒衣のおもしろさをとりいれた舞台は多くなったが、リアルな映画に黒衣を登場させ、重要な役をおわせたのは、この映画が嚆矢ではないかと思う。

人と人のからみあいで進む物語のなかに、黒衣たちは、平然と出入りする。

切羽つまった治兵衛と小春を、死の場に導いていくのは、黒衣たちである。

歌舞伎のすぐれた約束ごとはいくつもあるが、この、黒衣ほど傑出したものはない。

治兵衛をつとめたのは、中村吉右衛門。

そうして、おさんと小春を、どちらも岩下志麻がつとめた。

ふたりの女をひとりが演じ分ける演出にも、監督の意図があった。

おさんも小春も、本質的には、差異はない。ひとりは堅気な女房であり、ひとりは曾根崎の抱え女郎。夫を奪われる女と奪う女。

たまたま、そういう役回りに生まれついただけだ。どちらも哀れ、と、近松は描いている。

現代人である篠田監督は、浄瑠璃の人形のように、女優の生の個性を白塗りの顔の下におししずめ、その上に、普遍的な女の哀しみを描いたともいえる。

『演劇界』一九九五年一月

蠱惑

祖母の家の西日のあたる静かな離れが物語の宝庫であることを知ったのは、小学校三年生のときだった。

大学生の叔父が使っている部屋で、おびただしい書物の、古びた紙のにおいがみちていた。岩波文庫や専門書とは別の高い棚の上に、青黒い表紙の分厚い本が並んでいた。『神変麝香猫』『鳴門秘帖』『八ケ岳の魔神』『疑問の黒枠』『踊る一寸法師』『悲願千人斬』『御洒落狂女』……と、題名もまがまがしく蠱惑（こわく）的な物語が数十冊、勢揃いしていたのである。作家の名でいえば、吉川英治、国枝史郎、小酒井不木（こさかいふぼく）、江戸川乱歩……などなど。今でも古本屋でときたまみかける『現代大衆文学全集』であった。両性具有やら殺人淫楽やら少年愛やらを、私はこれらの本から教えられた。

さらに、診療所の待合室にあてられた座敷には、小豆（あずき）色の小型な本『世界大衆文学全集』も揃っており、こちらは、ポオ、ホフマン、ユーゴー、デュマ、探偵小説ならガボリオのルコック探偵からホームズ物まで、やはり数十冊。これは、叔母の持物だったらしい。

渋谷の宮益坂の裏手にあるこの家に、私は、小学校二年まで住んでいた。そのときは、これらの本は、なかった。

開業医である父親は、しもたやの一部を医院にしていた。子供たちがちょろちょろするようになったので、世田谷に家族の住まいを移し、渋谷の家には、祖父母と父の弟妹——私の叔父、叔母——が移り住んだ。

若い叔父叔母の移住とともに、物語たちも、渋谷のその家に移ってきたのである。

父は、世田谷の自宅から渋谷の医院まで、毎日、車でかよっていた。

暇さえあれば、私は渋谷の古巣に行き、おびただしい物語をむさぼり読んだ。

と、いま思い返して不思議なのだが、学校が始まってから、いつ、どうやって、私はその時間を手に入れたのだったろう。

土曜、日曜を利用したのだろうとは思うが、読んでいるところを大人にみつかれば、とりあげられ叱られるに決まっているのに、叔父や叔母に邪魔された記憶がない。

一度だけ、祖母にみつかった。いつもは甘くてなんでもいうことをきいてくれる祖母が、たいそういやな顔をしたのを覚えている。たとえれば、子供が性的ないたずらをしているのを目撃した大人の表情に似ていた、と、今になると思える。

そのとき何を読んでいたのか、おぼえていないのだが、青黒い表紙の本にいっそうの禍々(まがまが)しさをあたえるような祖母の表情からすれば、乱歩か、あるいは矢田挿雲の『澤村田之助』だったのではあるまいか。

何十冊もある本の中で、『田之助』は、八つの子供にとって、もっとも衝撃的であり魅惑的な一冊となった。

彼の生涯がどれほど凄まじいものであったか、それは、この特集（編集部注・澤村田之助特集）の中で存分に語られるのだろうから、ここでは詳述しない。

くりかえし読むたびに、おびえ、陶酔した。添えられている橘小夢（たちばなさゆめ）の絵とともに、心に刻みつけられた。

世田谷の自宅の応接間に新しい書棚がいれられ、それをみたすために、世界文学全集と日本文学全集、ディケンズ全集、戯曲全集などが揃えられ、隣家にシェイクスピア全集があるのを発見し、私の興味は新しい獲物にうつり、ほぼ読み尽くした大衆文学全集を手にすることは少なくなった。

空爆が激しくなり、私たちが疎開しているあいだに、渋谷の家は全焼した。物語の群れも、すべて焼けた。

活字は焼けたけれど、田之助は、子供の心に棲みついてしまったらしい。

もう一度読みたいと思いながら、目に触れることがなかった。

再会したのは、『壁――旅芝居殺人事件』というのを書くために、芝居関係の資料を古本屋であさっていたときだ。矢田挿雲の『田之助』ばかりではなく、田之助と同時代の役者の芸談などに、断片的に田之助が語られている。

それらを読みあさるうちに、私は、私の田之助を書かずにはいられなくなった。

田之助の死は、くすしくも、新富座の柿落（こけらお）としの年なのである。

明治の演劇改良によって息の根をとめられた猥雑な江戸歌舞伎の、最後の、花。

ただの女たらしじゃない。田之助は、こよなく淫蕩であるとともに、凜乎（りんこ）としている。

私の田之助への思いを、弟子の三（み）すじという役者に託し、『花闇』と題した物語を書き下ろした。書くのが楽しくてならないという状態だったのは、これまでに、この『花闇』と、中世を舞台にした『妖櫻記』の二篇だけだ。

三すじは、実在の役者である。伊原敏郎の『歌舞伎年表』で、だしものや役柄を見ていくと、三すじが團十郎のもとから田之助の弟子にうつったらしい道筋がみえてくる。もちろん、確証のあることではない。推論にすぎないのだけれど。

毎日新聞で芝居を素材にしたエッセイを連載しているとき、田之助と、挿絵の橘小夢に触れた。子供のころに同じ本を読んで夢中になったという女性から電話をいただいた。その方のお祖母さまは、田之助の舞台をみたことがあるそうで、「あれは悪い役者だ」と言っておられたという。胸ときめく言葉だ。〈悪い役者〉

また、思いがけなく、橘小夢の遺族の方から、記事を読んだとお手紙をいただき、小夢の絵を数々見せていただくことができた。文庫版『花闇』のカバーに、小夢描く田之助像をつかわせていただくという望外の嬉しい結果につながった。

本誌の編集長、今野裕一さんと知り合えたのも、田之助のご縁による。

田之助は、触れた人をとりこにしてやまない。今野さんも、田之助という沼に足をとられた一人だ。私はおかげで、言葉の通じる友人に恵まれた。

熱中するとことんやりとげる今野さんは、ついに、田之助特集をつくりあげてしまった。この特集をきっかけに、不具の美の具現者、聖田之助を忘れられなくなる人が、さらにふえることだろう。

『歌舞伎はともだち3　三代目澤村田之助』ペヨトル工房、一九九六年三月

田之助幻想

三代目澤村田之助は、華やかで悪性な沼だ。知らずに過ごせばよいが、一足踏み入れたら、抜き差しならなくなる。

江戸が爛熟をとおりこして没落への道をたどりはじめる弘化二年に生をうけ、維新を経て明治十一年に歿した役者の、生の舞台を、もちろん、私が見られたわけはない。映画もヴィデオもありはしない。わずか数枚の写真がおもかげをつたえるばかりだ。

その写真すら見ていなかった小学校の三年のとき、私は、活字から田之助を知った。『現代大衆文学全集』におさめられた矢田挿雲の『澤村田之助』である。後に田之助にかかわる資料を集めたとき、岡本起泉のためあいない実録物『澤村田之助曙草紙』を焼きなおしたにすぎないとわかったが、八歳の子供にとっては、脱疽(だっそ)で両手両足を切断し、なおも舞台に立った女形役者は、衝撃的であった。しかも、同性異性をとわず狂わせずにはいない美貌。子供の心のなかに、淫蕩で凄絶な田之助が棲みついてしまった。このイメージは、橘小夢(たちばなさゆめ)の頽廃的な(この形容詞を私はもちろん褒め言葉としてもちいている）挿絵によるところも大きい。腕は肩から関節の上まで、脚は膝上までという、小夢描く異形の若い男の裸体は、そのまま一個の十字架であった。

戦火で『現代大衆文学全集』は焼けたけれど、記憶に刻まれた田之助のイメージは焼失しなかった。後年、小説を書くようになり、芝居にかかわる資料を集め読むうちに、幕末から明治初期の資料の中に、三代目田之助が見え隠れすることに気がついた。同時代を生きた、たとえば大道具師長谷川勘兵衛、あるいは五代目菊五郎、また、守田勘弥、市川團蔵などの自伝や芸談、九代目團十郎の評伝などに、断片的に、田之助のことが語られる。ことに、田圃の太夫とうたわれた澤村源之助の評伝にあっては田之助の弟子だった市川三（み）すじの口から、田之太夫のようすが、ほんの数行ではあるけれど、いきいきとつたわってくる。

わがままで、傲慢で、威勢がよくて粋で鉄火で、しかし、舞台の上で役者としての自分を輝かせる工夫においては、いじらしいほどひたむきな若者。幼なじみの長谷川勘兵衛は田之助の熱意にほだされて、足がなくて役をつとめられるよう、数々の工夫をしている。

三歳で初舞台。十六歳の若さで立女形（たておやま）の地位についたのが、万延元年、攘夷開国で世情は騒然、桜田門外で井伊大老が暗殺された年である。人気は絶頂をきわめるが、慶応元年、二十一歳のとき、足に激痛をおぼえる。脱疽の始まりである。二年後には、足を切断せねばならなかった。その翌年が、明治元年である。明治の年号がすすむとともに、残る手足に腐爛の病がおよび四肢を次々に失っていく。明治五年、二十八歳で引退。新富座で、九代目團十郎が演劇改良を高らかにうたいあげたのが明治十一年。その年の七夕、田之助は狂死した。まさに明治の演劇改良によって絶滅させられた江戸歌舞伎の最後の花であった。

「思い出の女形随想」『演劇界』一九九六年六月

中座のキッチュな部分

時の推移にほろびる芸能もあれば、磨き抜かれてみごとな珠となるものもある。

歌舞伎は、磨かれ洗練され、格調高く気品のあるものとして完成された。

小屋もまた、歌舞伎座といい国立劇場といい、堂々たる大劇場である。

大劇場の建つ〈場〉が、洗い落としたキッチュな部分が、中座（なかざ）の〈場〉にはたっぷり残っている。細い道から道頓堀に出ていきなり目についたのが、鋏をうごかす巨大な蟹の看板だった。喫茶店のおしぼりは、金ぴかの紙に包まれていた。


中座の規模も、こぢんまりして親しみやすい。だしものが、「男の花道」と「輝虎配膳（てるとら）」。歌舞伎座や国立劇場では考えられないとりあわせだ。「男の花道」の幕が開いても、舞台の照明がともらず、暗いなかでせりふが始まった。そんなどじも、この小屋だと、ご愛嬌ですむ気安さがある。といって、芝居はもちろん手抜きではなかった。

「輝虎配膳」は、上村吉弥さんの襲名披露の舞台でもあった。吃（ども）りのお勝が、輝虎の怒りをしずめるために、筆談ではまにあわぬ、とっさの機転、琴を弾き語り命乞いをする。その哀切さは、小屋の持つぬくもりによって、さらに増幅された。

幕間に、ごいっしょした上方出身のお絵師さんが、元祖タコ焼屋の屋台に走り、熱いタコ焼きを買ってきてくれた。なんと楽しい幕間！

大阪駅でタクシーに乗り、ホテルの名を告げた。「ここです」とタクシーが停まったのが、けたたましいネオンが点滅するパチンコ屋の前。あっけにとられているあいだに、タクシーは去った。パチンコ屋の二階から上が、ホテルになっていた。中座にいちばん近いホテルということで、知人が予約しておいてくれたのだ。

チェックインして、道頓堀への道をフロントでたずね、別の階段をおりたら、風俗営業地の真っ只中。通り抜けて、たしかに、中座は目と鼻の先だった。

歌舞伎は、いまや格調高い古典芸能となったけれど、明治以前は、猥雑なものをうちに抱え込み、いろごととも深いゆかりがあったことを思えば、小屋の裏側に俗悪な風俗営業地をひかえた中座は、芸能にふさわしい場に在るといえる。

江戸の昔、明暦の大火で吉原は浅草田圃のはずれに追いやられたが、色子はしぶとく芳町に栄えた。隣りあって中村座のある堺町と市村座のある葺屋町。色子屋はゆくゆくは女形になるものの色気をはぐくむ場でもあった。

江戸三座のもう一つ、森田座は、木挽町。現在歌舞伎座が立つ場所に近い。いまの歌舞伎座の筋向かいのあたりは、采女が原と呼ばれた。一角に土手でかこまれた公儀の馬場があり、その外側の余り地には、水茶屋や掛け小屋がならび、手踊りだの見世物だの、安直な享楽の場となっていた。

「心に残る舞台わたしの劇場」『演劇界』一九九七年一月

金丸座の桜

浅草が芝居町だったのは、幕末から明治の初めにかけての、ごく短い期間にすぎなかった。その以前は、日本橋界隈に芝居小屋はあったのだが、天保の改革の最中、焼失した。幕府はそれを好機に、江戸のはずれの浅草に追いやったのだった。

しかし、おかげで、芝居見物は花見の華やぎを添えた。浅草奥山は花の名所の一つだったのである。春になれば仲之町(なかのちょう)が花の川となる吉原も近かった。上野の花霞も、大川をさかのぼった向島の花も、芝居の花とひとつづきになっていた。

幕府が倒れた後、押し込められていた一郭から芝居小屋は東京市内の各所に散り、その多くは、戦後つぶれた。

いま、都内で歌舞伎をたのしめる劇場は、歌舞伎座、国立劇場、明治座など、数はかぎられている。

浅葱幕(あさぎまく)が切って落とされると、舞台一面、満開の桜。見物のあいだから、「綺麗ねえ」と嘆声がおきる。

まことに、歌舞伎の華やかな舞台に、桜ほどふさわしい花はない。

だが、東京の劇場は、一足外に出ると、季節のない無愛想なビル。芝居の華やぎに浮き立った酔心地はたちまち醒まされる。

劇場そのものが、鉄筋コンクリートのあじけなさだ。

木の肌のやわらかさ。日本瓦の艶めかしさ。それらを残した小屋が、いまではすっかり有名になった、四国高松の琴平(ことひら)町にある金丸座(かなまるざ)である。

江戸の末期——たしか天保の頃だったと思うが——建てられた小屋が、そのまま保存されている。

ひところは、打ち捨てられ荒廃していたのを、澤村藤十郎丈、中村吉右衛門丈など、役者さんたちと、地元の方々の熱意でよみがえった。

国の文化財に指定されているから、常打(じょうう)ちはできない。

年に一度、四月ごろに、四国こんぴら歌舞伎大芝居は、にぎにぎしく開花する。道の端にも、小屋のまわりにも、役者の名を染め抜いた幟(のぼり)がひるがえり、小さい町は活気づく。

私が初めて訪れたのは、第二回目のときだった。戸板康二(といたやすじ)先生が、同行の方々と夕食をとられる席に招いていただき、先生のお話をうかがうことができた。

戸板先生は、喉頭癌の手術で声帯を失っておられ、丸い金属の器具を使って発声される。先生が器具を喉にあてられると、同席する人々は、耳をそばだてる。芝居とともに生きてこられた先生のお話は、雑談であっても蘊蓄が深く、ユーモラスで、たいそう楽しませていただいた。

そのご縁で、拙作が出版されるたびに先生に贈呈し、その都度、丁寧なお手紙をいただき、恐縮したことだった。

先生が亡くなられた後、ほとんど毎年、こんぴら大歌舞伎を見物に、琴平をおとずれている。芝居見物のあとは、先生のお好きだった〈二蝶〉という小料理屋で同行の編集者Sさんと夕食をとるならわしになった。Sさんがまた、芝居映画にくわしい方で、先生をしのびながら、話がはずむ。

去年の四月、ちょうど、花のまっ盛りの季とこんぴら芝居見物がかさなった。

小屋への石段をのぼる頭上に、枝をさしのべた桜が満開だった。

名所と呼べるほどの桜並木ではない。石段にそって、数本あるだけなのだが、みごとな花の下を芝居小屋に足をはこぶのは、なんとも心地よかった。

私の家の近くに、花の名所がある。電車の走る谷間をひとつはさんで向こうの丘陵が、広大な霊園になっており、その一帯に、桜が数多い。地下にあるのは、火葬にした骨をおさめた骨壺だし、それもコンクリートで四囲を塗り固めた墓穴に安置されているのだから、花は死者の腐肉を養いにするわけではないのだけれど、そういえば、谷中の墓地も桜の名所。花と死体は相性がいいのだろう。

歩いて十分もかからないところに花見の適所があるにもかかわらず、三十年近く住んでいて、一度も訪ねたことがないのは、酔客の乱がわしさが耐えがたいからだ。

金丸座の桜は、芝居を見終わって石段をおりる視野に、ただ静やかに散りかかり、仰ぎ見ると足元おぼつかなく、石段を踏みはずしかけ、それもまた一興。

その夜の〈二蝶〉の夕食は、花の酔いがひとしお深く、戸板先生をなつかしむことも、しきりであった。

「私だけの桜花に酔う」『オール讀物』一九九七年四月

初花の役者たち

何と美しいと息をのんだのは、何年前だったか、四国の金比羅歌舞伎で新之助の外郎売を観たときだった。白塗りが青みを帯び、凄絶ともいえる雰囲気をかもしていた。

正月の初芝居の楽しさは、ひとえに、華やぎにある。

初花のういういしい若い役者が大役を精一杯つとめる浅草の初春花形歌舞伎ほど、初芝居にふさわしい舞台はない。

八十助、橋之助、児太郎時代の福助、いまやベテランの役者たちが、みな、浅草公会堂の初芝居を経てきた。

当節、街の正月の雰囲気はすっかり希薄になってしまった。

私の育ったのは世田谷で、下町ほど粋な雰囲気はなかったけれど、それでも、正月というと門柱の前に太い松飾りをたて、玄関には注連飾りをかかげ、獅子舞がやってきた。親戚が集まり、大人も子供もいりまじって、歌留多取りだの羅漢まわしだのジェスチュアだのにうち興じた。

両親が地方の出身で、正月の芝居見物を楽しむというならわしは、残念なことに、わが家にはなかった。それどころか、娯楽を罪悪視する家風であった。なのに、私は生まれつき芝居や映画、小説といった非日常の世界にひたりこむのが人一倍好きだった。芝居を素材にした小説を書くようになったのも、知らない世界への憧憬によるものだったのだろう。

よほど舞台になじんでいると誤解されるのだが、歌舞伎を観るようになったのは、五十を半ば以上過ぎてからだ。

浅草の花形歌舞伎の華やぎを知ったのも、そのころからなので、あまり大きなことは言えない。浅草という土地自体が、世田谷育ちの私にとっては、異国のような異空間なのである。歌舞伎もまた、幼いときから自然になじんだのではないから、異邦人の目で眺めているところがある。

通の方々にとってはあたりまえのことが、素人の目にはひとつひとつ新鮮な驚きとなる。そして、その素人目にも、新之助、菊之助、辰之助——三之助の擡頭は、めざましく艶やかで、頼もしい。

花形歌舞伎、平成九年の「野崎村」は菊之助のお染、新之助の久松、「三社祭」に新之助の善玉、辰之助の悪玉で、三之助の揃い踏みはなかったが、平成十年は「落人(おちうど)」を、新之助の勘平、菊之助のお軽に辰之助が伴内(ばんない)をつとめ、「勧進帳」で新之助の富樫、辰之助の弁慶、菊之助の義経と、においたつようだった。

平成十一年の初春は、同じく「勧進帳」を、新之助が弁慶、義経を菊之助、富樫を辰之助と、役どころを替えてつとめる。

昼の部では、「寺子屋」を辰之助の松王丸(まつおうまる)に新之助の源蔵、これも若手で演技力のある亀治郎が千代、玉太郎が戸浪(となみ)をつとめ、菊之助は大役「娘道成寺」を踊りぬく。来る新しい世紀の曙光のような舞台になることだろう。

『演劇界』一九九九年一月

残忍にして美貌

色悪。その片鱗に私が最初に触れたのは、歌舞伎ではなく、七つ八つのころに読んだ少年小説においてであった。吉川英治の『天兵童子』に石川車之助という美少年が登場する。色悪と呼ぶには、いささか年齢が不足だが、美と悪が溶け合うという条件はみたしていた。正義の主人公である天兵童子を散々に悩ます、悪知恵あり武術妖術に長けたこの悪少年は、大盗賊石川五右衛門の少年時代という設定であった。

後年、歌舞伎に馴染むようになって、色悪と呼ばれる人物たちを知った。残忍悪逆冷血にして美貌。これほど魅力的な存在があろうか。

その代表的なひとりに、「かさね」の与右衛門をあげよう。

木下川の堤、登場する与右衛門は、むしりの御家人髷、青みを帯びた白塗り、黒羽二重の五つ紋付、帯は納戸献上の割りばさみ。

歌舞伎は、衣裳が役柄をあらわしもする。このような衣裳であらわれたら、凄愴たる美男として受入れる素地が観客にできている。

文政六年初演の夏狂言が、歌舞伎座で復活されたのは、大正九年であった。与右衛門をつとめたのは、十五代目羽左衛門。後を追ってきた、己の子を孕んだ女を、国元へ連れて行こうと言いながら、鎌で惨殺する。刀でなく鎌というのが凄まじい。

卒塔婆に乗って川を流れてきた髑髏の眼窩に突っ立った鎌は、綾に乱れた因縁のあるもので、与右衛門が引き抜くや、かさねは片足ひきずり顔の左は半面痣の醜女と変わる。

変貌に気づかぬかさねに、与右衛門は鏡をつきつける。かさねの内面世界が反転する瞬間である。


与右衛門に並ぶ色悪は、「東海道四谷怪談」の伊右衛門か。もっとも、四谷怪談で一番の悪は、お梅とその祖父ではないかと私は思うのだが……。金にするため、赤子を蚊からまもる蚊帳までも売り飛ばす非道も、伊右衛門の美貌ゆえに、見物衆から憎まれることはない。

「仮名手本忠臣蔵」五段目の定九郎が、仲蔵の工夫で、憎ていな赤っ面にどてら姿の山賊から、白塗りに黒紋付、雨の雫をはらうとともに官能の気配もしたたる色悪に昇華したという話はあまりに有名だから繰り返すまい。

美しさと強さを兼ねた正義の味方は単純だし、美しいがひ弱なつっころばしは頼りない。頽廃美の極致の色悪こそ、芝居の上では、悪婆とならび、最も魅力的な役柄である。

つっころばしから色悪に成長（？）するのが源氏店の切られ与三郎か。

海外に色悪を探すと、ヴィスコンティの『地獄に堕ちた勇者ども』の、ヘルムート・バーガーが浮かぶ。そうして、和製だがドイツを舞台にした人気マンガ『モンスター』のヨハンもまた、美しい悪の権化、歌舞伎で言えば、悪の色若衆となろう。

『演劇界』二〇〇〇年七月

江東劇場の宝塚少女歌劇

敗戦後の一時期、宝塚少女歌劇の東京公演に通いつめた。東京宝塚劇場は占領軍に接収され〈アーニーパイル〉とアメリカ名で呼ばれ、宝塚は隅田川のむこうの江東劇場を使っていた。

敗戦の年、十五だった。焼け野原の東京で宝塚少女歌劇がふたたび公演するようになったのは、いつからだったのか、手元に資料がないので正確なことがわからないのだが、まだ食糧も衣料も乏しく、インフレはすさまじく、華やかな楽しみは何もない時期だったことは確かだ。

宝塚熱は、戦争前、小学校三年のころから始まった。私の家は堅苦しい家風で、映画も芝居もほとんど見せてもらえなかった。禁じられるほど渇望はつのる。友達の家に雑誌『歌劇』の古いのが山積みになっているのを発見し、日参してグラビアに見入り、記事を読みふけるようになった。小夜（さよ）福子と葦原邦子が活躍していたころのもので、モノクロームの舞台写真に簡単な説明がついている。それによって、断片的な場面から想像を逞しくし、物語の世界の中で酔いしれていた。

子供の目に、アラビアの王子に扮した小夜福子、タキシード姿の小夜福子は、せつないほど愛らしく綺麗だったけれど、見ているのは古い雑誌なのだから、私が妄想をふくらませている小夜福子は、どこにも存在しない虚像なのだった。

その年の夏休み、父の妹が結婚して大阪に移り住んだ。新婚の家に、祖母と泊まりがけで遊びに行き、初めて本場の宝塚を見た。叔母は舞台にあまり興味を持たない人だったが、せっかく東京から遊びにきた幼い姪を、せいいっぱい喜ばせようとしてくれたのだろう。悲しいことに、二階の後ろの、スターの顔の見分けもつかない席だった。そのとき何を見たのだったか。タイトルは正確ではないけれど「子供の四季」というふうな、日本の子供の風俗を踊り仕立てにしたもので、あまり面白くなかった。それでも休憩時間に叔母たちがゆっくり食事をとっているので、開幕に間に合わないとはらはらしたことは、紅葉の天麩羅というのを初めて食べたこととともに、いまだに忘れない。

その後、父の弟の結婚した相手が、娘時代ヅカファンだったということで「すみれの花咲く頃」をよく歌ってくれた。

女学校の入試に合格した年、ようやく、ご褒美だと、親が舞台をみせてくれた。すでに宝塚を退団していた小夜福子が、灰田勝彦と共演した「木蘭従軍」。前述したように我が家は固い。流行歌は一切禁止である。灰田勝彦の名も顔もそのときまで知らなかった。これも遠目に見たので顔はわからず、後でパンフレットかブロマイドか何かで灰田勝彦の写真を見てがっかりした。でぶの岸井明と元宝塚の橘薫がコメディリリーフをやっていた。

若い娘が男装して戦場におもむき、手柄を立てる「木蘭従軍」は、中国のよく知られた話で、後で中国製の映画でも見ている。セットの背景の空がぶわぶわ動いて、布であることがあからさまという稚拙な映画だった。

七、八年前、『みだれ絵双紙　金瓶梅』というのを書いた。中国古典の『金瓶梅』をかなり勝手に変えたものだが、原作にない、女装でかせぐ美形の盗賊を登場させた。その名前を花木蘭（かもくらん）としたのは、小夜福子の思い出ゆえであった。このときは、歌舞伎のパロディ場面を書いて楽しんだ。

「押しのきかねえ悪党も一年増しに功を積み、このもかのもに名の高い、梁山泊にその人ありと、ちったァ知られた花和尚魯智深（ろちしん）」

「つづいて後に控（ひけ）えしは、木咲きの梅より愛嬌のこぼるる娘の憎まれ口、女姿でかせぐゆえ、お嬢吉三（きちさ）と――これは筆者の筆のすべり――名さえ優しい、花木蘭」

「そのまた後に控えしは、餓鬼のときから手癖が悪く、親の手もとをだりむくり、もっそう飯まで食らったが、悪事はしても非道はしねえ、花をかざした浪子（ぶらい）の燕青（えんせい）」

話が横道にそれた。女学校の二年か三年ぐらいのときだったと思う。宝塚の東京公演を、なぜか一度見ている。戦時色が濃くなり、南方で「天皇陛下万歳」と叫んで自殺する話や、軍需工場で工員が一生懸命働く話だった。その後は空襲やら疎開やらで、食べるのがせいいっぱいの生活になった。

江東劇場で再開された東京公演の第一回は、春日野八千代主演で、雪組の「未完成交響楽」だった……と思う。そのころ活躍していたのは、南悠子、久慈あさみ、淡島千景、越路吹雪。小夜福子は、戦後、新劇団に入って舞台に立っていたが、見る折りがなかった。

歳月を閲し、娘が宝塚に熱をあげるころは、私はとうに熱は冷め、アンダーグラウンド演劇に興味を持ちながら、家をあけるのが難しい状況だった。最近は、見たい舞台を自由に見られるようになったのだが、エネルギーが枯渇して、出不精をきめこんでいる。

「わたしの舞台讃歌」『演劇界』二〇〇一年七月

鈴ヶ森

——江戸歌舞伎、主役の道

千住小塚原とならぶ刑場、鈴ヶ森。江戸に出入りの、小塚原が東の口なら、鈴ヶ森は西の口。世人みせしめのためとて、獄門、火あぶり、さらし首。往還の人々の目に、地獄の景色はいやでもうつる。

『甲子夜話』続編は記す。〈穢臭を風吹送て堪がたく、且刑場にて屍を喰馴たる犬ども籬落を踰来れば、小児など、うかと戸外に出し難〉

さらし首は、俗に六尺高い木の上にというが、四寸角の柱の、二尺は土中。地上四尺。その前に立てば、つい目の先に、切り口を五寸釘に貫かれた生首とご対面だ。

荒寥たる刑場は、女郎衆でにぎわう東海道品川の宿のはずれ。風向きによっては、女郎屋に死臭流れ入り、刑場に紅白粉のにおいがただよったことであろう。

江戸市中引回しの上、ここで磔になった罪人のなかで、名を後世にとどめているのが、平井権八。鳥取の城主松平相模守の家臣六百石取りの平井正右衛門の総領息子であったが、寛文十二年、親を辱めた本庄助太夫を斬り殺し、江戸に逃れた。徒士(かち)として渡り奉公をしていたが、吉原の遊女小紫にいれあげ、遊興の金ほしさから、辻斬り強盗。ついに捕らえられた。

墓前で、小紫はのどを突き、後を追ったとつたえられる。ふたりの恋の果てを悼んで、後世、比翼塚がつくられた。

高手小手(たかてこて)、裸の馬にのせられて引回しのとき、「八重梅」を歌ったという。

我は野に咲くつつじの花よ。
折っておみやれ、散らぬ間に。
我は野に住む螢の虫よ。
土手の松明(たいまつ)、火をとぼす。
逢いたさ見たさは飛び立つばかり、
籠の鳥かや恨めしや。
さんさ、よしなの思い。

これは当然美声でなくてはならぬが、これから磔になろうという者が、風流に小唄でもあるまい。そうあってほしいという後世の願望が、美形の無頼の共同幻想をつくりだしたか。

三田村鳶魚(えんぎょ)によれば、平井権八が鈴ヶ森で磔になったときの捨札が残っているそうだ。〈たかがこんな泥棒のことでありますから、何がどうだか、委(くわ)しいことはわかりません〉と、鳶魚はいたって冷淡だが、権八小紫の恋物語は人々に愛されつづけ、百五十年も後の文政六年、「東海道四谷怪談」の作者として名高い鶴屋南北が「浮世柄比翼稲妻(うきよづかひよくのいなづま)」の外題(げだい)で、狂言に仕組んだ。

父・白井兵左衛門を不破伴左衛門に殺された権八は、主家横領をたくらむ伯父・本庄助太夫を討ち、浪々の身となる。

江戸の芝居は、長かった。朝から夕方まで、一日がかり。幾つもの筋が複雑に絡み合い、あわただしい現代にあっては、全幕通しで上演するのはむずかしい。人気のある場面だけが切り取られ、舞台にかけられる。「浮世柄比翼稲妻」は、名古屋山三（さんざ）と不破伴左衛門の「鞘当（さやあて）」と、白井権八と侠客幡随院（ばんずいいん）長兵衛の出会いをあつかった「鈴ヶ森」の場のみが、それぞれ独立して上演されている。

本舞台三間、背景は一面の黒幕。前に藪畳（やぶだたみ）、下手に六十六部の供養塔。舞台先の浪板（なみいた）は、ここが品川の海に近いことをあらわす。

時の鐘が鳴り、雲助ふたりにかつがれた四つ手駕籠。

「もし、約束の所までまいりました」駕籠から降り立った権八は、着流しに大小、前髪立ちの美少年である。

とらえれば褒美の金がもらえると、待ち受けていた雲助どもが、いっせいに襲いかかるのを、小気味よく斬って捨てる。

このあいだに来かかったもう一挺の駕籠。

垂れをあげて惚れ惚れと見入るのは、幡随院長兵衛。

殺戮を見られたと知って斬りかかる権八の手をとらえ、

「お若いの、待たっしゃい」

このせりふは、人口に膾炙（かいしゃ）した。

血みどろでしかも闊達な芝居絵で知られた土佐の絵金（えきん）の作に、この場を描いたものがある。権八の悽愴美と長兵衛の男伊達（おとこだて）の貫禄が通い合う名場面である。やがてこの刑場の露となる権八の行く末を承知の江戸の見物は、胸迫る思いで観いったことであろう。

今は酸鼻の陰もないが、土の下には往時の血潮、なお染みついているのである。

新東海道物語を進める会編『新東海道物語——そのとき、街道で』日本経済新聞社、二〇〇二年四月

堕ちてゆく姫
——「桜姫東文章」桜姫

幽霊にストーキングされたら震え上がるのが普通だが、このお姫様ときたら、

「コレゆうれいさん。イヤサそこへ来ている清玄のゆうれいどの。付まとう程な性があらば、ちつとは聞訳けたがいゝわな。みづからが先々をくらがへするも、そなたの死霊が付まとうゆへ、なじみの客まで遠くなるわな。……夜が明るよ。ゆうれいが朝直しでもあるまいサ。消へな、帰りな」とまくしたてる。

もとは高貴なお姫様だったが、今は風鈴お姫とよばれる安女郎。

清玄坊主の幽霊につきまとわれてまたも鞍替えせねばならず、亭主の元に帰ってきた桜姫に、亭主の釣鐘権助、いそいそと床をともにしようとすれば、

「よしねへな。わつちやア一ツ寝をする事はしみしんじついや気だ。今夜はみづからばかり寝所にいつて、仇な枕のうれいもなう、旅人寝が気さんじだよ」

上臈言葉と鉄火な啖呵が綯い交ぜになったせりふは、実に楽しい。

「アレ　アノ女はどつからつれて来たのだ。これ、口広(はばつた)いこつたが、ぬしの下タ歯(しば)と極(きま)つた女(おな)子(ご)はみづからより外(ほか)、この日の本に二人とあつていゝものかな」と、ちょいと悋気(りんき)。

清水寺の高僧清玄が、桜姫に一目で溺れ、破戒僧となって追い回し、殺されてもなお幽霊となってつきまとうという物語の原型は、土佐浄瑠璃「一心二河白道(いっしんにがびゃくどう)」にある。古浄瑠璃では、桜姫は観世音によって救済され地蔵菩薩に変身する。

清玄・桜姫の物語は、歌舞伎作者たちによって様々に書き替えられてゆく。時代が下るにつれ、宗教色は払拭され、清玄の恋の妄想凄まじく、衆道と絡ませたりお家騒動と綯い交ぜたりと、ヴアリエーションはひろがる。

鶴屋南北は「桜姫東文章」において、桜姫から聖性を剝ぎ取るどころではない、小塚っ原の切(きり)見世(みせ)女郎にまで堕とした。

「東文章」でもっとも生き生きと活躍するのは、清玄の幽霊ではなく（幽霊に活気がないのは仕方ないが、お岩さんなんか、幽霊になってから縦横無尽の大活躍をする）、無頼漢釣鐘権助である。それまでの清玄・桜姫ものにはない、南北が創造した魅力ある悪党だ。

南北は清玄に心中未遂の過去を背負わせた。原型にはない序幕である。所化(しょけ)だった若い頃、清玄は、衆道の相手・稚児(ちご)白菊丸と心中するつもりが、気後れして相手だけ死なせ、自分は死にはぐれてしまった。罪の思いを隠しもちながら、阿奢梨(あじゃり)に出世する。

吉田少将の息女、桜姫は、生まれながらに左手の拳(こぶし)が開かない。身の不運をはかなみ出家しようと、清水寺で清玄に剃髪を頼む。清玄が十念を授けるや、桜姫の拳が開く。清玄は愕然とする。

桜姫の手にあったのは、かつて彼が白菊丸に与えた香箱だった。

次の場は、草庵。清玄の手で剃髪染衣を受けるべく待っている桜姫のところに使いにきた中間権助。この場で、桜姫のとんでもない過去が明らかになる。一年前、姫の館に押し入った夜盗がこの権助だった。姫は躰を犯されるのだが、底深い性の悦びをこの時、姫は知った。白絹のように無垢だった少女の心に刻まれた一点の血の色。男の肩には鐘に桜の彫り物がある。名も知らず顔もろくに見えなかった相手の唯一の印と、同じ彫り物を姫はひそかに自らの腕に刻んでいる。姫の腕は細いゆえ釣鐘は風鈴にしか見えず、それが後の二つ名の由来。ふたたび、姫は権助によって肉体の喜悦を与えられる。

剃髪の聖なる場であるべき草庵が、一転して、性の宴の場となる。強引な逆転である。桜姫と不義をしたとあらぬ疑いをかけられ、身分を剥奪され非人に落とされた清玄は、ことさら破滅堕落することで自分を形づくろうとする。姫と寝るという望み果たさず殺されたため、幽霊となってつきまとうが、手に入れた桜姫の人柄を悪くするために安女郎に売り飛ばす権助の、終始ぶれることのない悪党ぶりに、迫力及ぶべくもない。「マイ・フェア・レディ」のヒギンズ教授は下町娘を上流の淑女に仕立て上げるが、権助はその正反対をやってのける。

桜姫は権助でさえ手を焼くほどのみごとなあばずれに変身する。

歌舞伎は今では格調高い古典芸能で、現代の知識だけでは理解の及ばない部分もあるし、浄瑠璃の言葉など耳で聴いただけでは意味不明だったりするが、江戸の見物衆には肩の凝らない大衆娯楽であった。「桜姫東文章」が舞台にかけられた文化十四年（一八一七）は、いわゆる江戸文化の爛熟期だった。武士階級の支配力が形骸化するなかで、倫理の偽善をひん剝き、たおやかな姫君が奔放な性の本能にめざめるこの芝居は、時代の嗜好のもっとも尖ったところを具現化していた。アンダーグラウンド演劇が盛んだった頃、南北の芝居がしばしば取り上げられたのも宜なるかなと思える。

「私が好きなヒロイン」『演劇界』二〇〇八年十一月

幕間　美少年十選

カラヴァッジョ「ナルキッソス」

真の美少年は、俗世にはまれである。存在しても蜃気楼のように須臾の間にうつろう。美を永遠にとどめることができるのは芸術家のみであろう。美少年をたずねて、詩歌あるいは断章とともに美術作品を逍遥してみる。

＊　＊　＊

少年は少年とねむるうす青き水仙の葉のごとくならびて　――葛原妙子

ナルシシズムの語源である、化して水仙となるさだめのこよなく美しい少年ナルキッソスを、カラヴァッジョは、花咲き乱れるギリシアの野から拉し去り、彼と同時代（十六世紀より十七世紀初め）の服装の少年として、暗澹と塗りつぶされた黒一色の背景のなかに置いた。

ナルキッソスが己の影を恋い慕うのは、森のニンフの呪いによる宿命と、神話は語る。甘美な陶酔はカラヴァッジョのナルキッソスにはない。昏い水の奥から彼を見返す、掌で密着した双子のような影の表情は、なんと暗鬱なことか。

いや、眉をひそめたこの表情は、エロスの歓びのさなかにも似ている。禁断のくちづけを求めあうかのような構図だ。

恋は、そうして性は、常に、かすかに死を孕み、罪の予感を与える。

（1597年頃、油彩・カンバス、110×92 cm、ローマ国立美術館蔵）

モロー「死せる詩人を運ぶケンタウロス」

コンクリートは吸収はやし　わかさとは美しすぎる傷の血しずく　――福島泰樹

オルフェウスの美は、モローによって二重に凍結させらる。夭折せる死者であることによって。そうして、画布に定着されたことによって。

詩人であり楽人であるオルフェウスがひとたび竪琴を奏でるとき、鳥獣も森の木々も、岩石も渓流も、恍惚と聴き惚れた。黄泉の王の心を竪琴の音によって揺り動かし、愛するエウリディケを冥界から取り戻す許しを得たものの、地上に戻る途中、振り向くなかれの禁をおかしたために、彼は愛するものを永久に失う。

慕い寄る女たちの誘惑を退けつづけるオルフェウスは、酒宴のさなか、猛り狂った女たちに五体を引き裂かれ、死んだ。

天に属する詩人は俗世に容れられぬの謂として、モローは死せる詩人をケイロンに抱かせたのか。粗野な半人半馬のケンタウロス族と同じ姿でありながら、ケイロンのみは、神々と英雄の友となる賢者である。夭折の詩人を悼むケイロンが不死の血を持つ皮肉。

三島由紀夫の自死に中井英夫が記した哀惜の文は、「ケンタウロスの嘆き」と題されている。

（1890年、水彩、33.5×24.5 cm、ギュスターヴ・モロー美術館蔵）

ヴルーベリ「座せる悪魔」

蔦紅葉イエスは修羅をまだ知らず　――斎藤慎爾

幼い無垢なイエスはまだ知らなかろうが、悪魔は、修羅を知っている。三十年も前になろうか、ペテルブルクがレニングラードであった時代、モスクワのトレチャコフ美術館で、ヴルーベリの「座せる悪魔」を目にした。何の知識も先入観も持っていなかった。ただ、惹きつけられた。内側から発光する宝石の破片を象嵌したような華麗な花叢が少年の右の背景をなし、左は赤みを帯びた空が広がる。中央に、青い布で包んだ膝を抱きかかえて座す〈悪魔〉と名づけられた少年は、岩の塊のような土色である。

西欧の悪魔の絵が伝える邪悪も奸佞も、ヴルーベリの悪魔にはみられない。光のなかにあって、少年は、あたかも暗黒の孤独、哀しみと憂愁が凝って具象化したかのようだ。

帰国してからロシア美術史を読み、ヴルーベリがデカダンス思潮の洗礼を受け、ニーチェに傾倒した世紀末の画家であることを知った。つい数年前、トレチャコフ美術館を再訪した。「座せる悪魔」は思いのほか小さかった。壁面いっぱいの大作と記憶するほど、最初の印象は強烈だったのだ。

（1890年、油彩・カンバス、114×211 cm、トレチャコフ美術館蔵）

ジェームズ・ティソ「ガーデンベンチ」

うつくしき嘘を語る／君が唇の紅さ、たのしさ、　　——西條八十(やそ)「嘘」

子供の唇は紅い。熱っぽい視線をむける女の唇も、紅い。

素直に受け止めるなら、ティソのこの絵は、公園で遊ぶ裕福な家族の肖像であろう。若い母親と長女、次女、そうして甘やかされた末息子。画家がつけたポーズであるにしても、しかし、男の子にむける女の表情は、あまりに無防備に甘やかで、仄(ほの)かに欲情の香りさえ漂わせているではないか。

観る者としては、女を、母親ではなく、家庭教師あるいは子供の世話係に雇われた者と想像したくなる。少年は未だ、自分の愛らしさ美しさに無自覚であるけれど、どのような対価を払わずとも、愛され、許されることを知っている。うっとうしいほどに、女は少年の世話をやくだろう。夜はベッドに入った少年の枕元で、本など読み聞かせてやるだろう。そうして、お休みの口づけをするとき、女の紅い唇は、少年の紅い唇のわきをそっとすべり、あやまちのようにみせて、軽く割りもするだろう。少年は、年老いたとき、初めて、女の口づけの意味に思い当たるだろう。

（1882年、油彩・カンバス、99.1×142.3 cm、個人蔵、写真提供：PPS 通信社）

ゲインズバラ「羊飼いの少年と闘う犬」

二週間のあいだ爪を伸ばしておかねばならぬ。おお！　なんともいい気持だぞ、
——ロートレアモン「二週間のあいだ爪を」／渡辺広士訳

ゲインズバラは、華麗な衣装をつけた「青衣の少年」で代表される肖像画や風景画を数多く描いているが、農村の人々に材をとった作品も多い。

なかでも、この「羊飼いの少年と闘う犬」は、ドラマの一場面、あるいは少年小説の挿絵の趣がある。

二十四歳で夭折（ようせつ）したロートレアモンは、「マルドロールの歌」に、過激な詩句を連ねている。二週間のあいだ爪を伸ばすのは、子供の柔らかい胸に突き刺す凶器とするためである。傷つけた子供に許しておくれと言いながら薄笑うマルドロールは、少年の残酷さの具象である。

ゲインズバラの描いた少年たちにもどろう。二匹の犬の闘争は、黒犬の牙が赤犬の喉を、腹を、噛み裂く寸前である。

小枝をふるって犬をひきわけようとする少年を、もうひとりの少年は、おしとどめている。

「やらせておけよ。血みどろになるまで」

愛らしい、そして邪悪な笑顔は、マルドロールの微笑にひとしい。

（1783年、油彩・カンバス、223.5×157.5 cm、
ケンウッド・ハウス蔵）

ヘンリー・ウォリス「チャタートンの死」

うすあをいびろうどのやうなおまへのかほには月のにほひがひたひたとしてゐます

――大手拓次「十六歳の少年の顔――思ひ出の自画像――」

屋根裏部屋の粗末な寝台に無造作に身を投げ出し熟寝（うまい）するかに見える少年は、息絶えている。真贋（しんがん）みわけがたいほどに巧みな贋作を作るためには、真の作者を凌（しの）ぐほどの力量が必要である。

十八世紀のイギリスに、十五世紀の修道士の著したバラード集なるものが出現した。ブリストルの教会に保管された古文書のなかから発掘されたという触れ込みで、文体といい、体裁といい、真正の中世の書として通用するみごとな詩集であったが、これを創作し、世を欺こうとしたのは、一七五二年ブリストルで生まれた十五歳の少年であった。十九世紀の早熟の天才詩人ランボオ、ロートレアモンに一世紀先立つトーマス・チャタートンは、詩才を生前みとめられることなく、ロンドンに出たものの職もなく、十八歳で服毒自殺した。彼が創作した中世のバラードは、死後七年たってようやく刊行された。

ワーズワース、ロセッティなど、十九世紀の詩人、画家たちに称賛され、今もなお、夭折（ようせつ）の天才偽作者に心惹（ひ）かれる人は少なからずいる。

（1856年、油彩・カンバス、62.2×93.3 cm、テート・ブリテン蔵）

ドナテッロ「ダヴィデ」

父さん、捕虜を地べたにころがしといて、僕が片足を腹の上にのっけてるところを、スナップしてくれないかな？

——アラバール「戦場のピクニック」／若林彰訳

捕虜どころではない。少年ダヴィデが踏みつけているのは、彼が討ち取ったゴリアテの生首である。

サウル王のひきいるイスラエル軍に、一騎打ちを申し出たペリシテ軍のゴリアテは、旧約聖書によれば、身の丈三メートルに近く、身にまとった銅の兜と鱗綴の鎧の重量は五七キロ余り、という強力無双の巨人である。サウルに召しだされ対峙した牧童ダヴィデが美少年であったことは、これまた、旧約聖書が証している。〈其は少くして赤くまた美しき貌〉

少年は、投石の一撃でゴリアテを倒し、その首を断ち落とした。

美しく凜々しく、音楽に秀で、羊の群を護る勇気と力を持ったダヴィデは、少年若者の肉体美の理想像として、ミケランジェロをはじめ、多くの芸術家が制作の主題に取り上げている。

嬉々として首を踏みつぶすドナテッロのダヴィデは、アラバールの無垢で残酷な少年とあい通ずる無邪気な裸像である。

（1430年頃、ブロンズ、高さ158.2 cm、バルジェッロ国立美術館蔵、
写真提供：WPS）

「阿修羅像」

衰える夏／そして万象を散らす風／天はたったひとつ／地はたったひとつ／今こそ美しい
男の子／この世に生れ出るがよい

——多田智満子「発端」

その呼びかけに応えるように、少年阿修羅は生まれ出た。数多い仏像のなかで、この興福寺の阿修羅像は、日本人にもっとも愛されている像の一つではあるまいか。

激烈な悲惨な闘争の場を修羅の巷と呼び、やむことない恨み嫉みの感情を修羅の妄執と呼ぶ。修羅は、阿修羅の略である。

インド神話、仏教神話においては、阿修羅は人に害をなす凶悪な魔神である。

それなのに、仏法守護の八部衆の一として建立されたこの三面六臂異形の阿修羅像の、ひそめた眉のなんと匂やかで初々しいことか。

日本古来の神道にあっては、神は童子を憑代として顕現したまう。祭りに化粧した稚児が重要な役を担うのは、そのゆえである。

原始宗教が大地の豊穣と人の繁栄を願えば、必然的に性の香りを伴う。

興福寺の阿修羅が、清冽でありながら艶の気配を秘めるのも、ゆえないことではない。

（734年、脱活乾漆造・彩色、高さ153.4 cm、興福寺蔵、
撮影：飛鳥園）

「彦根屏風」（第一扇・第二扇）

春の光りの薄くして、／若き快楽の短かきに、／花咲く影に酔ひしれて、／酒甕叩きて歌ふかな。

――薄田泣菫「春夜」

古代、新羅においては、戦のさい、花郎と呼ばれる高貴な美少年を統帥と崇め、戦士らが周囲をかためた。花郎は後世、売色の男の称となったが。

我が国の戦国期、前髪匂う小姓を寵愛するのは武人の常であった。太閤秀吉は甥の秀次を養子としたが、実子が生まれたため、謀叛の口実で、秀次を自害に追い詰めた。高野山の青巌寺で秀次が割腹したとき、お側去らずの花小姓不破万作も、殉死したという。

関ケ原の合戦、大坂冬の陣、夏の陣を経て、徳川幕府のもとに天下泰平となった寛永のころの風俗を描いたのが、彦根屏風である。六双の屏風の左四双は室内の遊楽を描き、右の二双が戸外である。娘たちにかこまれ、身をくねらせた前髪立ちの華美な少年の姿態は、なんともバロック風である。刀はもはや、護身、攻撃の武器ではなく、お洒落の具となっている。

前髪こそが、若衆のエロスである。幕府が若衆歌舞伎の役者の前髪を剃り落とさせたのも、その色気の魔力を恐れたればこそであった。

（部分。1624 - 44年頃、紙本金地着色、第一扇94.5 × 43 cm、第二扇94.5 × 48.2 cm、彦根城博物館蔵、画像提供：彦根城博物館／DTPartcom）

伊藤彦造「初陣」

薄化粧したる敦盛(あつもり)愛(かな)しさの透きてたゆたふ歌のひとふし　——太田代志朗(よしろう)

散る花びらが馬蹄(ばてい)にかけられるのを惜しみ、ふと駒をとめ、軍扇に受ける若武者は、死を賭しての戦さにおもむく途次と思われる。

武にかかわることはすべて軍国主義につながると、敗戦の後は事ごとに拒否されてきたゆえであろう、若き甲冑(かっちゅう)武者の凜々(りり)しさ美しさを讃える言葉を聞かなくなって久しい。滅びるもの儚(はかな)いものをいとおしむ日本人の感性は、物質的な成功のみを求める戦後の価値観にすり減らされ、散る桜の潔さに美を見ることさえ謗(そし)られかねないこの半世紀であった。

一ノ谷のいくさに敗れた平家一門が船で海上に逃れたとき、乗り遅れてただ一騎、海辺を馳せる少年敦盛。追い迫る源氏勢の猛将熊谷直実(くまがいなおざね)。呼びとめられるや敦盛は、とってかえした。組み敷いた敵の未だ稚(おさな)きを知った熊谷は、命助けんとしたが、敦盛は武門のならいとて、端然と首討たせた。

伊藤彦造は戦前、少年雑誌で人気の高かった挿絵画家である。彼の絵には常に死のエロスが濃密に匂いたつ。子供らは秘かにそれを知っていた。

（1951年、紙・ペン、31.3×24.2 cm、弥生美術館蔵）

初出一覧

カラヴァッジョ「ナルキッソス」『日本経済新聞』二〇〇三年十月二十七日付朝刊
モロー「死せる詩人を運ぶケンタウロス」『日本経済新聞』二〇〇三年十月二十八日付朝刊
ヴルーベリ「座せる悪魔」『日本経済新聞』二〇〇三年十月二十九日付朝刊
ジェームズ・ティソ「ガーデンベンチ」『日本経済新聞』二〇〇三年十月三十日付朝刊
ゲインズバラ「羊飼いの少年と闘う犬」『日本経済新聞』二〇〇三年十一月三日付朝刊
ヘンリー・ウォリス「チャタートンの死」『日本経済新聞』二〇〇三年十一月四日付朝刊
ドナテッロ「ダヴィデ」『日本経済新聞』二〇〇三年十一月六日付朝刊
「阿修羅像」『日本経済新聞』二〇〇三年十一月七日付朝刊
「彦根屏風」『日本経済新聞』二〇〇三年十一月十日付朝刊
伊藤彦造「初陣」『日本経済新聞』二〇〇三年十一月十一日付朝刊

第三部

暗合の旅

鷹のゆくえ

四囲を山々にかこまれた盆地の中心にある若松の町は、かつては、放射状にのびた五本の本街道と二十五筋の小道によって、他領に通じていた。

大内宿は、本街道の一つ、下野(しもつけ)街道に、いまだ古い宿場町の俤(おもかげ)を残している。訪れたのは、去年の秋、紅葉にはまだ少し早かった。しかし、そのために観光客の姿はなく、古い時代の息づかいを感じることができた。

今年九月に、『会津恋い鷹』という長篇を上梓したが、去年の会津への旅は、その取材のためであった。

鷹という鳥に、なぜか、以前から心惹(ひ)かれていた。どういう物語をいつ書こうというあてもないころから、鷹に関する資料が目につけば集めてもいた。

前作『恋紅(こいべに)』の資料を読んでいたとき、染井のあたりに御鷹部屋というものがあることを知った。将軍が鷹狩につかう鷹を、鷹匠(たかじょう)が飼育調教する場所である。

幕末から維新にかけての幕府瓦解の時に、御鷹部屋も閉鎖されたはずだ。そのとき、飼われていた鷹はどうなったのだろう。

そのあたりから、物語が動きはじめた。

鷹。鷹匠。鷹匠の女房。

鷹匠の女房を中心におき……と、少しずつ物語が結晶しはじめたとき、舞台を会津にとることを思いついた。

子供のころから白虎隊の歌でなじんでいた地である。また、中公新書の『ある明治人の記録』などによって、会津藩士の痛恨も、強く心にきざまれていた。

維新の時期、会津ほど悲惨な苛酷なめにあわされた藩はない、と、あらためて資料を読むごとに、その思いは深まった。

戦いの皺寄せは、会津のなかでも更に、弱いものへ弱いものへと、おしつけられたようだ。

そういうなかで、時代の動きに流されず、ただ自分の本然のありようを大切に生きようとする女。

その女の出自を、肝煎の娘に設定した。

当時の肝煎は、豪農であると同時に、藩の下役人の仕事を兼ね、物産の集荷販売と、商人の仕事もし、また、高利貸しも行なう。

女の家を、この複雑な性格を持つ豪農とすることによって、女――といっても、最初は少女だけれど――は、重層的にものごとを視る立場におかれる。

女は少女のとき鷹の雛に心を奪われ、後、会津藩の鷹匠の妻となる。

生地を会津のなかでも南山御蔵入としたのは、この地が、もともとは藩領ではなく、幕領であり、藩の預かり地になったり藩領にくみ入れられたり、そのときそのときで揺れ動いたからである。外からの力によって、生の基盤がゆるがされたわけだ。

若松城下の地図をしらべ、鷹匠町、及び御鷹部屋の文字を見たときは、想像が事実で裏づけられたようで嬉しかった。

南山御蔵入のあたりを取材しようと、大内宿に一泊した。

街道に沿って、茅葺きの家並が両側に整然と並んでいる。昔の宿場は、いまは民宿として旅人をあたたかく迎え入れてくれる。

昔ながらの建物を保存するのは、現代では、そこに住み生活する人々には、ずいぶん面倒な、経済的にも負担のかかることと思われる。しかし、たまさか訪れる者にとっては、贅沢この上ない宿である。

設備のととのった新しいホテルは、どこの土地でもみられるが、一度失ってしまった〈時〉は、取り戻しようがない。

その、ほとんどの場所で消滅しつつある〈時〉が、この宿場町には、まだ、ゆたかに残されていた。残すための、土地の方々の御苦労を思いながら、金銭ではあがなえない贅沢を享受させていただいた。折があったら、再度訪れたい土地である。

『ザ・会津——戊辰戦争への旅』読売新聞社、一九八六年十二月

気分は「終着駅」

月に照らされた死海のほとりを、若い男と女が二人きりでドライヴ、となったら、これはもう、ロマンティックなムードにならざるを得ないのだけれど、あいにく、〈若い〉は〈男〉の方だけにかかる形容詞でありました。

イスラエルに旅したときです。八年ぐらい前になるかな。死海のあたりは、ユダの荒野と呼ばれ、岩山の連なる荒寥(こうりょう)とした場所です。その岩山の一つ、マサダに、ヘロデ大王が造った城の遺跡があります。ユダヤが滅亡したとき、最後の叛乱軍がたてこもり、玉砕した場所でもあります。

そこを見たいと思っていたら、たまたま、いいつてがみつかりました。日本人の青年で、大学入試のとき大学闘争にぶつかり、イスラエルにわたってヘブライ大学に入っちゃった。むこうでアルバイトにツーリスト・ガイドをやっているうち、それが本職になった。

そのAくんが仕事で帰国していた。彼に紹介され、イスラエルに来たら、いつでもガイドしてあげる、ということになったのです。

パリ経由で、ひとりでテルアビブ空港にわたったときは、ちょっと心細かった。イスラエルの公用語であるヘブライ語なんて、シャローム以外知らない。日本の過激派がテルアビブで射殺事件を起こしてほどない頃でした。

Aくんは、フランス系ユダヤ人であるすばらしい美女の奥さんと迎えに出ていてくれました。最初の日はAくんの案内で、エルサレムの市内見物。翌日マサダにむかって出発したのですが、Aくんはつごうが悪く、友人のBくんが、ピンチヒッターでガイドをひきうけてくれました。マサダから北上してガリラヤ、西海岸にまわり、南下して、エルサレムに戻ってくるという、三泊のコースでした。

Bくんも日本からの留学生で、ガイドのライセンスを持ち、ユダヤ美人の奥さんもいる。奥さんといっても、AくんもBくんも、同棲です。正式に結婚するためには、ユダヤ教徒になってイスラエル国籍をとらなくてはならない、すると兵役の義務も生じる、ということで、結婚には踏みきれないでいるのでした。

車で旅をつづけるうち、Bくんは、少しホームシックになったようでした。イスラエルに永住するつもりはない、日本に帰りたいけれど……就職がむずかしいだろうな。「海は広いな大きいな」と、童謡をうたいはじめ「行ってみたいな、よその国」のかわりに「帰ってみたいな、日本の国」とうたったのでした。

マサダの近くのホテルに二泊したのですが、最初の夜は、Bくんは、ちょっと仕事があるから、と外出しました。公会堂のようなところで、アルバイトに黒田節を踊ったのだそうです。

翌日、マサダの遺跡にのぼり、暑くてわたくしはばてました。死海のドライブは、その夜のこと。三泊四日の旅が終わるころは、気分だけは『終着駅』、モンゴメリー・クリフトとジェニファー・ジョーンズを、あつかましくもきどったのでありました。

それから三年ぐらいたってからかな、ひょっこり、Aくんの方が我が家をたずねて来ました。美女の奥方とは別れたそうで、かなり傷ついていました。

Bくんの消息は知りません。

「旅の事件簿」『オール讀物』一九八六年八月

吉野の里の花吹雪

桜も終わりに近いころ、吉野をおとずれた。

目下、週刊誌に連載している長篇が後南朝を素材にしているので、吉野も舞台になる。取材のためであったが、ひとつには、渡辺保氏が著書『千本桜』において描かれた花吹雪があまりに魅力的だったせいもある。

以前から、花の吉野に憧れながらたずねなかったのは、すさまじい混雑ぶりを聞いていたからだ。

だれだって、雑踏は好きではないと思うけれど、花のさかりは短い。吉野の花を見ようと思えば、人波にもまれるのは覚悟しなくてはならないのだろう。

『旅』誌に書くエッセイなのに、もうしわけないが、生まれつき、わたしは乗物に興味がなく、旅行が苦手で、なかなか腰をあげない。このたびの旅は、週刊誌の担当編集者・S氏が列車の手配から宿の予約まで万端ととのえてくださり、わたしはただぼうっとS氏のあとをついてゆけばよいので、気楽であった。同行は、S氏と、イラストの西のぼるさん。桜も終わりだし、ウィークデイだし、そうひどいことはないだろうと、三人ともたかをくくったのだが、大阪に宿をとり、近鉄吉野線の座席指定の特急に乗ろうとしたら、これが、売り切れ。やむをえず、ふつうの満員電車で、立ったまま、とことこ行った。

吉野の駅前は、人がごったがえしていた。桜の樹はあまりみあたらず、あっても、ほとんど葉桜。帰りの特急券を買うのに数十分の行列。それから、ロープウェイに乗るのに一時間の行列。ディズニーランドなみだ。乗ってしまえば、三分。

その先の道は、両側に、延々と土産物屋がつらなり、空もろくに見えない。前後は観光客でびっしり。

坂道を息をきらしてのぼりながら、いくら見渡しても目に入るのは土産物屋と数珠つなぎの観光客だけだ。花の吉野に花がない、と焦った。

真昼間だというのに、旅館の窓から、カラオケと酔った歌声があふれている。

ようやく土産物屋の列が終わったところが蔵王堂(ざおうどう)で、ここも、人の渦。

一週間も早かったら、ラッシュで歩くこともできないほどだったろう。

ところが、混雑は、蔵王堂までだった。

その先は、視界がひらけ、これならいかにも花の吉野、といえる風景にめぐりあえたのだが、観光客の姿はまばらになった。あの群衆はどこに消えたの？　といぶかしむ。

麓は葉桜だが、登るにつれ、花は散りごろ。風が吹くたびに吹雪が舞う。

上千本（かみせんぼん）の花矢倉にも観光客は少なく、ここで、渡辺氏の文章どおりの現象を目の当たりにする浄福に恵まれた。

谷底から、無数の葩（はな）びらが、舞い上がったのである。花の波は、風の呼吸にあわせ、深淵からわきあがり、足もとに打ち寄せる。しばらく忘我の時を過ごした。

奥千本までのぼる元気はなく、下山することにしたが、S氏が案内図で、土産物屋の通りとは別な道をみつけてくれた。この道は快かった。

鶯の鳴きかわす声を聴きながら歩きだすと、一匹の犬があらわれ、道案内顔で先にたった。犬に導かれ下りていったら如意輪堂に着いた。楠木正行（まさつら）の忠僕だったのかもしれない。

「このたびの旅」『旅』一九九一年七月

伊勢・花の旅

伊勢神宮は、二つの貌（かお）を持つ。

一つは、おごそかに神々しい、清浄な神域である。

もう一つは、〈お伊勢さん〉の名で親しまれる、あたたかく俗を受け入れる場である。

昨年、旅行誌の取材の仕事で、伊勢神宮をおとずれた。

このときは、早暁、まずまっさきに、神宮の本質とも言うべき、もっとも奥まった清浄な神域に参り、参拝した。

観光気分の参詣人の気配のない神域は、さわやかな空気にみち、神と、神に仕える人々との、敬虔な雰囲気が感じられた。

白木の櫃（ひつ）におさめられた神饌を、白衣の神官が御饌殿（みけでん）にはこび、お供えする。

神饌を調理する火は、その都度、御火鑽具（みひきりぐ）によって熾（おこ）される。御饌の神事がすべて終わった後で、この古代からつたわる方法で火を熾すさまを、間近にみせていただいた。白木の板にこれも白木の棒を揉みたて、摩擦の熱によって発火させる方法である。小さい煙があがりちらちらと火が燃えはじめたとき、私は、深い感動をおぼえたのだった。

今の世相は、実にあわただしく、めまぐるしく、変化している。その変化は、決して、いいほうにむかっているとは感じられない。あらゆることが便利になっていくかわり、なにか大切なことが失われていく。

炊事の火にしても、マッチでガスをつけるだけでもずいぶん便利だと思っていたのに、この頃のガスこんろは、スイッチ一つで発火する。蛇口をひねれば、適温の湯がほとばしる。便利になったぶん、私たちは、火の本質を忘れてしまっている。

都会に育ったので、子供のころ、炊事はガスがあったけれど、風呂は、薪や石炭で沸かしていた。木っ端の上に紙屑をおき、火をつけ、団扇であおぎ、無事に薪だの石炭だのに燃えつくまで、手間ひまがかかった。そのかわり、木が紙が、炎にかわってゆくさまを、みつめる時を持つことができた。

火を畏敬するこころも、それによって養われたと思う。

それよりも更に古い方法で、御饌を調理する火は作られる。

単純な構造だが、力学を応用した巧みな工夫がなされた器具である。それでも、小さい火を熾すために、神官の方は、精魂こめ、力を尽くされる。

マッチだのライターだの、便利な発火器具は、いくらでも身近にある。しかし、決してそれらを用いることなく、古代の発火の方法を守りつづけておられる。そのことが、私には、まことに尊く感じられた。

このように、人が神に捧げるこころで作られた火であればこそ、浄化という、火の特色の一つが強められるのだろう。

神事は、しばしば、芸能化し、あるいは、観光化さえする傾向を持つ。しかし、伊勢神宮のこの御饌の神事は、純粋に、神にのみ捧げるものである。私たちは、取材ということで、無理なことをお願いして、聖域には立ちいらず遠くから拝観させていただいたが、本来、俗界の人の目にふれさせるものではない。

もう一つ、私が感銘を受けたことがある。取材の際、神宮司庁の弘報課長さんが案内してくださった。権禰宜（ごんのねぎ）の位にある神職さんである。長身の、近衛武官といった印象の方だったが、神前に参るとき、地に膝をつくほどにかがんで、礼拝なさるのである。身についた仕草であった。ほかの神社で、神主さんのこのように敬虔な姿を見たことはなかった。〈ぬかづく〉という仕草は、私たちの日常では、ほとんど死語になっている。私にしたところで、まったくの無信心で、お寺でも神社でも、ろくに手を合わせたこともない。しかし、いとも自然に膝を折りぬかずかれる神職さんの姿に、こころを打たれた。

このときの取材のテーマは、〈花を訪ねて〉というものであった。訪れる前は、伊勢神宮は、およそ、花とは縁遠いと思っていた。神域は、おごそかな樹林である。

しかし、参詣して、伊勢こそ〈花の地〉と、思いを改めたのだった。担当の編集者は、「舞楽の衣裳に、花の模様がいろいろありますよ。それを写真にとらせていただきましょう」と言った。

それで、神楽殿で舞楽を拝観したのだが、ここに、伊勢神宮の花がある、と私は感じたのだった。祈りを、花の形にして神に捧げるのが、舞楽だ。

時によって腐蝕させられることのない、不変の花である。すべてのものがうつろい流れる中に、不易不変のものが、在る。なんと心強いことか。

伊勢神宮の神域に立って、感じることは、不変、あるいは、永遠、ということの重みである。不変、といっても、社殿は、ほぼ二十年ごとに建て替えられる。白木造りなのだから、当然、風雨歳月におかされ、朽ちる。建て替えられる新しい社殿は、古来の方式に忠実にのっとり、いささかの変化も加えられない。

あたかも、老いと再生のごとくである。老いた皮膚をやぶり、瑞々しい若い神が顕現するかのように、遷宮はおこなわれる。

神宮のもうひとつの貌、あたたかく俗をつつみこむそれは、内宮(ないくう)の前の大通りに、あらわれている。

江戸の庶民が一生に一度はと願ったお伊勢参り。その熱気を思わせるように、内宮の前の駐車場には団体客を満載したバスが、おびただしく停まり、参詣客相手の店がならぶ。

戦時中、国家神道として権威づけられたときとことなり、昔の親しみ深い〈お伊勢さん〉がよみがえった感がある。

〈二つの貌〉と冒頭に書いたが、俗をあたたかくむかえる大きな花のようなお伊勢さん、その中心にあって、天と地とをむすぶ、常緑の大樹のような古今不変の伊勢神宮、という重層構造ともいえる。

この稿を記しながら、伊勢の旅を、なつかしく思い返し、感慨を新たにした。

『瑞垣』一九九六年七月

レーベンスボルンの子供たち

一冊の翻訳書によって〈レーベンスボルン〉という施設の存在を知ったのは、二十年も前にな
る。

原題は『AU NOM DE LA RACE』だが、邦訳のタイトルは、おそらく営業政策からだろう、『狂気の家畜人収容所』という、かなりあざといものになっていた。しかし、内容は、きわめて真摯なルポルタージュである。

いまでは忘れ去られた標語だが、戦争中、日本でも、〈産めよ増やせよ〉が国策になっていた。子供は御国の宝、という美名のもとに、将来の戦力兵力とするため、出産増が奨励された。

ナチスは、それをさらに徹底させた。ドイツ国内と占領地区に、レーベンスボルン――生命の泉――がつくられた。

最初の目的は、未婚の母を受け入れ、アーリア系の子供を出産させる産院であったが、ほどなく、別の目的にも用いられるようになった。

ヒトラーが、金髪碧眼の北欧系アーリアンこそ、他のすべてより抜きんでた最優秀の人種と偏執的に思い込み、種の純血化をはかったことは、『わが闘争』によっても知られている。それを忠実に実践したのがヒムラーで、ドイツ人の〈純血化〉のために、過激な手段を取った。占領地区などの乳幼児を選別し、金髪碧眼の外貌をもつ子供は国籍にかかわらずアーリアンと認定して、親から強制的に引き離し、いったん、レーベンスボルンに収容、さらに、子供をのぞむＳＳの養子にさせたのだという。

この事実は、他の幾つかの書物にもほんの数行ずつだが、記されている。書店で入手して以来二十年、この書物は、いつも、私の身近におかれてあった。五年前、さらにもう一冊の翻訳書がくわわった。四つ五つぐらいで、ポーランドからさらわれ、レーベンスボルンに収容、ドイツ人の家庭の養子となり、かわいがられて育った子供が、敗戦後、九歳のとき、ポーランドの両親のもとに帰らされた。その本人が、三十歳をすぎてから、経緯を手紙形式でつづったものである。

いつの時代でも、子供は、みずからの意思で生を決定することはできない。おだやかな入江で遊ぶのも、苛酷な荒海に投じられるのも、運命の手にまかすほかはない。

第二次世界大戦と子供を素材にした小説の傑作に、アゴタ・クリストフの『悪童日記』、ウィリアム・ゴールディングの『蝿の王』、コジンスキーの『異端の鳥』などがある。

『悪童日記』は近年話題になったから、内容を紹介するまでもないと思う。『蝿の王』は、戦火をさけて飛行機で疎開した子供たちが、無人島に不時着し、子供だけで生き延びねばならなくなる話である。『十五少年漂流記』をふまえた物語だが、子供向けの『十五少年……』のような、予定調和にみちたハッピーエンドではない。最後に、大人の船が島に寄り、子供たちを発見する。そのとき、子供たちは、すでに、仲間のあいだでの殺戮さえおかしていた。大人は、彼らの悲惨には気づかず、「それで、きみたちは、『家族ロビンソン』みたいに、暮らしていたんだな」などと、ノー天気なせりふを吐く。ちなみに『家族ロビンソン』は、無人島に漂流した一家が、力をあわせ、ロビンソン・クルーソーのように、工夫を重ねながら暮らす、〈愛と努力〉の物語である。

『異端の鳥』の幼い主人公は、田舎に疎開する旅の途中、親にはぐれ——親が殺されたのだったか、正確なところは忘れたが——ひとり彷徨せざるを得なくなる。その土地のものはみな金髪で、黒い髪に黒い眼、言葉も通じない子供は、異物として排除される。

ヒューマニズムやら勧善懲悪やらの通用しない生を、これら三つの物語の子供たちは、生きる。

書き下ろしのミステリをはじめるにあたり、二十年来心をはなれることのなかったレーベンスボルンの子供を素材にせずにはいられなかった。

この四月末、取材のために、ドイツ南部バイエルン地方をたずねた。

ミュンヘンから東に車で三十分ほどの、シュタインヘリンクという村にレーベンスボルンがあったということは、わかっていたが、戦後五十年あまり経っている。もはや、痕跡もないだろう、村の様子ぐらいわかればいいと思っていた。

ところが、建物が残っていた。

ＪＴＢのミュンヘン支店に、前もって取材の目的を話し、便宜をはかっていただきたいとお願いしておいたところ、優秀な通訳さんを紹介してくださった。ドイツ在住十五年になる女性、小久保さんは、私たち——編集者Ｋ氏と私——の到着前に、レーベンスボルンに関する資料を読み、シュタインヘリンクの村役場に問いあわせ、建物を確認してくださっていたのだ。

ミュンヘンに数日腰をすえ、シュタインヘリンクのほかに、ミュンヘン市内のレーベンスボルン本部跡、ダッハウ収容所、南郊の温泉地バート・テルツ、そのほか個人宅を二、三訪問、それから、オーストリアとの国境に近い、ヒトラーの山荘のあったベルヒテスガーデンをおとずれ、ザルツブルクにぬけて、最後はウィーンという旅程であった。

例年なら、ドイツの四月は、まだ肌寒い時期で、いっせいに花が開く春は、五月だという。私たちが着く数日前にも雪が降ったそうだ。ところが、到着した日から夏のような陽気で、持参したセーターは不要になった。マロニエは裸だったが、青い粒が点々と枝を飾っている。「この陽気なら、四、五日のうちに、五センチぐらい葉がのびますよ。みるみるうちに、青葉になるの」小柄だがきびきびと元気のいい小久保さんは、そう断言した。

七十数回の空爆を受け、徹底的に破壊されたミュンヘンは、ほぼ昔どおりの町並みが再現されている。バイエルン州の条例か市条例か、聞いたのに忘れてしまったが、高層ビルや新様式の建物は建造をゆるされず、原形に近いものを建てるべく定められているのだそうだ。古い写真と見くらべればいくぶんの変化はあるけれど、古都のおもかげは十分に残っている。空襲で破壊されることのなかった京都の変貌を、つい、思い重ねてしまう。

耕作地や放牧地のあいだをつらぬくアウトバーンを、ワゴン車で東に走る。シュタインヘリンクは、小さい村落だった。レーベンスボルンの建物は、現在は、心身障害者の施設にあてられている。その施設と、村の役場をおとずれた。

ドイツ人にとって、レーベンスボルンは、触れられたくない傷だろうと、取材を申し込むときから、私は痛みを感じていた。日本自体がさまざまな戦時中の問題をかかえているのに、他国のことに踏み入るのかと、なじられてもしかたないけれど、弾劾の意図は毛頭ない。まきこまれた子供に視点をおいた物語を書きたいだけだ。

施設の職員は、こころよくむかえてくださった。過去は過去、と割り切っているようだ。建物は、役所で写真をみせてもらった旧レーベンスボルンと、ほとんど変わっていなかった。何度か改築はされているのだが、もとの様式を残している。白壁に赤煉瓦の屋根。近辺の農家と同じような造りだ。一階は、幾つかの部屋にわけられているが、「レーベンスボルンのころは、間仕切りはなくて、大きい食堂になっていました」と、説明を受けた。

役場にも、揃えられるかぎりの、レーベンスボルンの資料はそろっていた。書類は、敗戦当時大部分破棄されたが、生き残り、成人となった当時の子供たちの証言も、記録されている。

取材を終え帰国するころ、小久保さんの言葉のとおり、マロニエはみずみずしい若葉を繁らせていた。

『別冊文藝春秋』一九九六年十月

国境

チェコとスロヴァキアの国境を越えた。

つい三年前までは、チェコスロヴァキアと一つの名で呼ばれていた国だ。スロヴァキアが独立し、国境がつくられた。国と国が地続きのヨーロッパを旅していると、〈国境〉を強く意識させられる。それが歴史的に見れば流動的なものであることも。

ドイツを舞台にした物語を書いている最中なので、四月末にドイツのミュンヘンを中心に旅し、この秋はチェコからスロヴァキア、ハンガリー、オーストリアと、中欧をまわった。今回はおとずれることのできなかったポーランドをふくめ、中欧の国々は、歴史の流れのなかで、戦争のたびに、〈国境〉が、さだめなく移動している。国境は、国を膨張させ、あるいは、極度に小さくする。国家の力関係によって人為的につくられる国境は、その地域に住む人々に、しばしば悲惨な運命をもたらす。国境の変遷は、地図の上では、ただ、線や色分けであらわされるにすぎない。図面上では簡単な移動の陰に、拷問にひとしい苦痛、別離、流浪、そしておびただしい死が、在る。

中世このかた、ドイツ人は、東の国々に入植し、荒蕪地を開拓し、住み着いてきた。その国の本来の住民とも摩擦はおこさず、共生していた。しかし第二次世界大戦のさい、侵攻し駐留したドイツ占領軍は、友好関係を踏みにじった。被占領国のドイツ軍に対する憎悪は、民間ドイツ人にもおよんだ。その地域のドイツ人は、父祖代々何百年も住み慣れた地をはなれドイツ本国に逃れねばならなかった。

戦後ポーランドの国境は、東から西へ、大きく移動した。ソ連は、ポーランドの東部を自国領にし、そのかわり、ドイツ東部をポーランドにあたえた。ナチスによるユダヤ人虐殺があるために、ドイツ人は、この悲惨を、声を大にうったえることは控えている。ドイツ国内では、体験談を記した書物が出版されているのかもしれないが、日本で翻訳出版されることは少ない。

川口マーン恵美さんによって書かれた『あるドイツ女性の二十世紀』は、実に貴重なノンフィクションである。第二次大戦におけるドイツに関する資料を集めているとき、この本にめぐりあった。

著書にしるされた経歴によれば、著者川口マーン恵美さんは、一九五六年に大阪に生まれ、日大芸術学部を卒業の後、旧西ドイツの国立音楽大学でピアノを専攻、後、ドイツ人であるマーン氏と結婚、とある。

『あるドイツ女性の二十世紀』は、夫マーン氏の祖母マリアの一生と彼女をとりまく人々を精密な取材により、描きだしたものである。

マリアは、一九〇〇年に生まれ、一九九三年に没している。第一次、第二次の両大戦と、東西冷戦、まさに、二十世紀を生き抜いた女性である。

著者は、マリアの個人的な生涯だけではなく、その背後にある世界情勢をも、的確な筆致で描出している。

マリアは、ポーランドとの国境に近い上シュレジエンに住んでいた。この地方は、ドイツ文化圏であり、ドイツ人とポーランド人が入り交じって住んでいた。

第一次大戦後、何年もたってから、上シュレジエンは、戦勝国の思惑により、突如、ポーランド領となる。

西欧国家は、ソ連からヨーロッパを護(まも)る緩衝地帯として、またドイツを骨抜きにする必要からも、ポーランドを支持した。このあたりの国際関係が、私のような政治にうといものにもきわめてわかりやすく、本書には書かれてある。

マリアは結婚し、二人の娘と一人の息子をもった。ウルゼルとマリアンネとペーター。本に載せられた姉妹の写真を見るとどちらも美女に見えるのだが、妹のマリアンネは華やかな姉に強いコンプレックスをもっていた。

第二次大戦の勃発。電撃戦によるドイツ軍の初期の勝利。東部戦線の敗退。そして、連合軍のノルマンディ上陸。ソ連軍の進撃。

緊急避難命令がでる。マリアの一家は、着のみ着のまま、西へむかって逃げる。このとき、マリアの夫は、愛人と行をともにし、家族を捨てる。たよる男性のいない、母と子供たちだけによる、凄惨な逃避行がはじまる。

途中、ドイツ軍兵士が、一家を護ってくれたが、大勢では行動できず、小グループに分かれねばならなくなる。将校は、マリアに、子供を二人だけ伴えと命じる。母親は、長女と幼い息子を同行する。次女のマリアンネは、取り残され、ほぼ同年代の少女とふたりだけで、難民の群れにまじり、西へ逃れる。

ドイツ国内の知人の家にたどりつき、母や姉弟とも再会するのだが、このとき、マリアンネは、弟の顔を思い出せなかった。旅の恐怖と困苦のため、記憶の一部が欠落していたのだ。

部分的な記憶喪失はすぐに回復し、父を欠いてはいるけれど、家族の生活がはじまった。しかし、なぜ、母は、姉と弟をえらび、私を残したのか、その疑問は、マリアンネの心の奥底に、癒しがたい傷となって残る。

敗戦後の窮乏は、日本の戦後と酷似している。闇市。飢餓。廃墟。酷寒。そして、驚異的な経済復興。

次第に平静な生活がもどり、マリアンネはギュンター・マーンと結婚する。ふたりの息子をもち、裕福ではないけれど、平穏な家庭生活がはじまる。しかし、夫ギュンターは心筋梗塞で急逝する。マリアに二人の息子をあずけ、マリアンネは働きに出る。この息子のひとりが、後に著者川口恵美さんの夫となる。

戦争によって子供が受ける傷は、どの国民であろうと、変わりはない。子供のときに受けた深い傷は、本人が自覚していなくても、壊れて接ぎ合わされた陶器のように、生涯、消えはしない。

理性では許せても、感情は理性に従いきれない。マリアとマリアンネ、ウルゼルのあいだに、ぎくしゃくしたものが残っても、いたしかたのないことなのだ。川口恵美さんは、姉妹の感情の齟齬、ひとりひとりの心の揺れ動き、深層の痛みを、情に溺れない公平な、しかも暖かみのある筆致で描出している。この書物の魅力は、著者川口恵美さんのパーソナリティの魅力でもある。

チェコとスロヴァキアの国境を通過しながら、私は、〈国境〉の傷口を、思わずにはいられないのだった。

『銀座百点』一九九七年一月

旅行嫌いの取材旅行

この欄（編集部注・「随想」欄）の読者のほとんどが、社会人の男性であることを思うと、世事に疎いまま年をかさね、よしなしごとを書きつづるのを娯しみとしている私としては、身がすくんでしまう。

日常の話題にいたって乏しい。身の回りのことに関心が薄い。まして、天下国家、社会情勢について論じるなど、手にあまる。

二十数年前、物語を書いて世に出すようになったとき、素顔をさらすエッセイは決して書くまいと思った。書けない、とも思った。

しかし、そうとばかり言ってもおられず、ごくまれに、身辺雑記もつづらねばならず、五百枚の嘘物語を書くほうが、三枚四枚のエッセイより、よほど楽だとつくづく思う。

目下書いている物語。これから書こうとしている物語。それらが材料として欲するもののほかには、いっこう興味がなく、そのかわり、物語をゆたかにするためであれば、アマゾンまでも行こうという気構え。この稿が雑誌に載るころ、無事であれば、南米の苛酷な旅を終え、帰国しているはずだ。

子供のころから、旅行は嫌いだった。家族旅行——といっても、戦前のことだから、江の島やら、箱根あたりだが——に連れていくと言われると、留守番をするから、かわりに本を買ってとたのみ、可愛げのない子と、親は不満であったことだろう。むりやり連れ出されても、乗物のなかでは、視線は活字を追うばかりで、少しは外の景色を見なさい、と、本をとりあげられる。車窓を流れる単調な緑を眺めるより、たとえば『太陽馬』、その国の太陽である、光を放ち疾駆する馬が盗まれた。国は暗黒となり……というような物語に没頭しているほうが、どれほど楽しかったことか。

子供のときの楽しい旅は、読書のほかで言えば、鏡であった。手鏡を胸の前にささげ、映る空をのぞきながら庭を歩く。そのときの不思議な感覚は、もはや、よみがえりはしないだろうけれど、いまに至るも、どれほど明媚であろうと風光を鑑賞するために旅をする気にはならない。乗物に長時間しばりつけられる苦痛、歩く疲労、のほうが、得られる楽しみをはるかに上回る。体力が並の半分もない、疲れるとすぐに食欲がなくなる、食べられないからますますばてる、と旅は二重苦、三重苦なのだが、そのわりには、けっこうあちらこちら訪れている。いずれも、そこを見ること、識ることが、物語に必要だからだ。

物語を書くようになって初めて訪れた異国が、アイルランド。幼いときにイェイツの戯曲を読んで以来、眷恋の地であった。さらに、イスラエルのマサダ砦——ユダヤの玉砕の地——、エトルリアの壁画が残るイタリアのオルビエト……と、年に一度ぐらいは旅に出てさまよい歩き、いま思い返せば、こまやかなくさぐさが懐かしくはある。

十数年前、不眠を解消する目的で、旅に出た。不眠の原因は運動不足なのだろうから、くたびれればよく眠れると期待したのだが、みごとに裏目に出て、いっこう改善されなかった。もう体力的に旅行は無理ときめていたのだが、一昨年、取材せねば書けぬ事情があり、切羽詰まってドイツを訪れ、よれよれにくたびれたものの、成果は十分に得られた。それで、今回、アマゾンである。ハードな旅、と思っただけでパブロフの犬にひとしき条件反射、胃が固くなる。困っている。一粒でカロリー十分の宇宙食は手に入らないものだろうか。

『This is 読売』一九九八年六月

五月の鎧

五月、床の間に三段の雛壇を据え、緑の毛氈をかけ、武者人形が飾られると、夜が少し怖く、そうして魅力的になるのだった。

十畳の座敷は、昼は客間だが夜は四人分の蒲団をすきまなく敷き並べた寝間になり、私たち姉弟は、だれの足がどっちの蒲団に侵入したと蹴飛ばし合い喧嘩しながら眠りにつく。

三月の雛人形も、雅びやかなくせに夜は一抹の怖さをただよわせたが、男の節供の夜の人形たちは、さらに怖かった。幼い子供にとって、昼、愛らしい三月の雛は、夜は妖であり、昼、爽やかに力強い五月の人形は、夜、怪であった。庭の緑が鮮やかに濃い昼の光の中では秘めている影の力が、雨戸を閉め電灯を消した部屋の中に、うごめきあらわれるのであった。鎧櫃の上に据えた甲冑の黒い面頰が、より恐ろしかった。等身大でも恐ろしいだろうが、小さいものは小さいだけに、なお不気味なのだった。

しかし、昼間見る甲冑武者は、熊にまたがる金太郎や鉄扇をかざした桃太郎より、はるかに私を魅了した。恐ろしい黒い面頬を私は視野から消し、そのかわりに好みの顔を兜(かぶと)の下に思い浮かべることができた。

山口将吉郎描く若く凜々(りり)しい鎧武者を、人形は連想させた。

昭和の初期、少年少女の雑誌の挿絵で人気のあったのが、山口将吉郎と伊藤彦造であった。伊藤彦造の描く人物は暗く凄まじく、山口将吉郎が描くのは清純な美少年であったが、どちらも、たとえば矢を総身に受けてなお恍惚と天をあおぐ聖セバスチャンの絵が持つ、危ういエロティシズムを包含していた。彦造は赤裸々に、将吉郎はひそかに。

去年の四月の中旬から五月の初旬にかけて、私は南米のブラジルからパラグアイを旅していた。日本ならここちよい初夏の季節である。

パラグアイでも、早朝は花の香りが甘くやわらかく心地よいのだが、陽が昇るとたんに酷暑になる。

パラグアイは広大な南米大陸の内陸部にある小さい国である。パラグアイにも近くブラジルとアルゼンチンの国境を接するあたりに、映画『ミッション』の舞台にもなったイグアスの滝がある。

一八八六年、このパラグアイに、ニーチェの妹エリーザベトが、ドイツ移民を送り込み開拓しようとこころみた。失敗に終わったのだが、その開拓地の跡とイエズス会の伝道の跡をたずねるのが、旅の目的であった。

南米でもアルゼンチンやブラジルは観光地としても開けているが、パラグアイは、いかなる繁栄からも取り残されたような地である。

首都のアスンシオンでさえ、中心部を少しはなれると、道路は未舗装で赤土のがたがた道になる。地図に書かれた道で、点線でしるされたものは、とても道路とはいえないけもの道みたいなものだ。

現地の三世青年にガイドを頼み、がたぼろの車で、轍の痕が渓谷みたいになった道を走った。運転するのは、インディオの血の濃い、寡黙な男性だった。もっとも、ガイド青年と同行の編集者と私と、三人が日本語で喋りまくっているのだから、運転手のモデストくんは寡黙にならざるを得なかった。

おりしも雨期で、しばしばにわか雨にあった。ジャングルのあいだの、泥沼と化した道をゆく車は大揺れに揺れ、頭を天井にぶつけたりしているうちに、前輪が深みにはまりこみ、エンジンはストップし、トラクターに救援をたのんで引きあげてもらうまで、数時間立ち往生する羽目になった。

そんな旅だから、五月という季節のことなど念頭に浮かばなかったのだが、目的地訪問を終え、アスンシオンに帰る前に泊まったのが、日本人移住者夫妻の経営する宿であった。玄関の棚に、小さい甲冑武者が、鎧櫃に腰をおろしていた。南米にはそぐわないほのかなエロティシズムをただよわせて。

『家庭画報』一九九九年五月

北の旅

「北ドイツに取材に行くの」と告げたとたん、「あ、いいなあ。わたしも行きます」と即座に返事が返ってきた。編集者のSさんは、海外であろうと、まるでつい隣の街にでも行くように、気軽に旅に出る。私はといえば、出不精で乗物嫌いで、よくよく取材の必要に迫られなければ、腰をあげる気にならない。なにしろ体力がない。このごろは往復とも荷物を宅配にまかせられるから、ずいぶん楽になったのだけれど、それでも空港のターンテーブルでトランクを持ち上げるだけで一苦労だ。

国際便が羽田から出ていたころは、ヨーロッパのどこに行くにしても、南回りも北回りも、途中で一度給油しなければならないほど、時間がかかった。機内食も不味かった。狭い椅子に縛りつけられ、ブロイラーチキンみたいな気分で、ほとんど喉を通らず、現地の空港に着いたときは半病人で、出迎えの人に、和食の店に連れていって、と頼まざるを得なかった。

そのころに比べたら時間も短縮され、機内食も格段においしくなって、空の旅の苦痛は激減したのだが、欧米の食事は濃厚で量が多すぎるから、長旅となると、簡易食を大量に持ち歩かなくてはならない。その上、日本国内においても、レストランでトイレに立ち、帰ってきて他人さまのテーブルに坐ってしまったという逸話のある、みごとな方向音痴である。フランクフルトやヒースローのようなだだっ広い空港は、出口のない地獄をさまようごとしだ。フランクフルトの空港は、何度行っても、そのたびにパスポート・コントロールにたどりつけず、おろおろする。

今年の一月末の北ドイツ行きは、〈よくよく、必要に迫られ〉ていた。連載の開始が間近なのに、書き進められない。やはり現地に行ってこなくてはだめだと決心し、旅行社にたのみ、航空券もホテルも現地ガイドさんも、すべて手配をすませた。十日間ほど留守にすることを各社の担当編集者に知らせたところ、Sさんが打てば響くで、冒頭のように応じたのだ。「北ドイツ、行きたかったんですよ」

Sさんはこの連載の担当ではないから、社の出張というわけにはいかない。有給休暇を使って自費で行くという。しかし、彼女も忙しいから、全行程を共にするのは無理なので、後から来て合流し、先に帰国するというあわただしい旅になった。Sさんには、ぜひとも訪れたい場所が北ドイツにあった。

ばらしてしまおう。彼女は、このところ、人気急上昇中のStudio Lifeという劇団の大ファンである。役者は美形の若い男性が大半で、脚本、演出が女性という、ユニークな劇団である。（ついでに少しだけ宣伝してしまおう。この劇団は、一昨年、拙作『死の泉』を舞台化し、今年再演される）。去年の暮れから今年にかけて、Studio Lifeは、萩尾望都さん原作の『トーマの心臓』

と『訪問者』を上演した。Sさんが数度観劇したのは言うまでもない。『訪問者』の主人公グスタフが子供のころを過ごしたのが、北ドイツのシュターデという街なのである。

私はハンブルクに五泊し、連日幾つかの取材地と往復する。彼女は三日目の夜に着くという。五日目は次の目的地ベルリンへの移動にあてるから、彼女はせっかく訪れてもたった一日しか、北ドイツにはいられない。その一日を私は軍港キールの取材にあててあった。

高校のとき一年アメリカに留学したSさんは、英語はネイティヴなみだし、旅慣れている。単独でハンブルクの空港でタクシーを拾いホテルに到着、次の日、ふらりと列車に乗ってシュターデにおもむいた。

私はドイツ語はまったくわからず、英語もおぼつかないので、現地ガイドさんに付き添ってもらってキールへ。取材する前に、すでに、イメージだけで少し書き出していた。時代は一九三〇年ごろ。十歳ぐらいの少年が手作りの模型飛行機を飛ばしている。気流に乗って飛翔する飛行機はやがてゆるやかに下降する。それにそって視線を落とすと、空は水平線で海と分かたれる。鋼鉄の要塞のような軍艦が水平線に浮かぶ。軍港キールを念頭において書いたのだけれど、はたしてキールに、情景にふさわしい場所があるかどうか不安だった。だめなら書き直さねばならない。ガイド兼通訳についてくださったのはドイツ人と結婚しているハンブルク在住の日本の女性だった。最初にホテルで会い取材場所のうちあわせをしたとき、私の話を聞くやいなや、ぴったりの場所があります、といって案内してくださったのが、軍港キールを対岸にみる、キール湾のラボエという海岸だった。取材のときカメラは持たないことにしている。入江を両側から抱きかかえる岬、薄氷のはりそうな浅瀬に泳いでいる水鳥を記憶におさめた。

海岸には、第二次世界大戦に使われたUボートが置かれ、内部を見学することができる。チャーターした車の運転手氏は、城だの博物館だのを見るときは車の中で待っていたが、潜水艦見学となったら、目を輝かし、先に立って入っていった。内部は実に狭い。隔壁の穴を乗り越えて次の区画に移動するのだが、「こうやるのだ」と両手を上辺にかけ、両足をそろえて持ち上げ、飛び越えるという手本を、軽々とやってみせてくれた。乗組員のベッドの幾つかは、魚雷の上だ。

奇縁に驚いたことがあった。主人公の少年は、ナポラという学校に入る。ナチの時代に政治軍事の最高エリートを養成する目的で何校かつくられた特殊な学校である。通訳の方の夫君は、彼女より二十四年上の戦争時代の方だった。シュレスヴィヒに生まれ育ち、愛国心からナポラ入学をのぞんだが入れず、志願して東部戦線に行った。二年足らずで敗戦、捕虜となりシベリアに連行され、ようやく帰国できたときは国内の事情はすっかり変わっていた。シベリアでの凄まじい体験を、夫君はほとんど口にされないという。夫君が入学を望まれたナポラはいまはギムナジウムとして使われている。そこを訪れた後、ご自宅に誘われ夫君と強い握手をかわした。

シュターデから帰ってきたSさんと、ホテルで落ち合った。舞台では、シュターデは凍った海をのぞむ街なのだが、実際は、北海に流れ入る河沿いで、凍ってはいなかったそうだ。それでも、土地の特産のワインをお土産に買い、街の人達と言葉をかわしたと、にこにこしていた。旅の楽しさは、そうやって味わうのだなあ。

『銀座百点』二〇〇一年六月

書物の森を旅して

旅行が嫌いだというと、たいがいの人が不思議がる。体力がないことと、方向感覚の欠如が、旅行嫌いの原因なのだろう。往路の旅客機の長旅だけで疲れ果て、目的地に着いたときは、半病人になっている。ゆえに、旅は娯しみにも気晴らしにもならない。書こうとしている物語の取材のために、やむを得ず、旅立つ。行けばその土地土地で何かしら目ぼしい収穫があるのだけれど、詳細は今回のこの小文のテーマからはずれるので機会をあらためることにする。

ガイドさん泣かせの旅行者である。せっかく遠路をきたのだからあれもこれもと、ガイドさんは盛り沢山に名所旧跡を案内し、美味と評判の高いレストランで名物を勧めてくれるのだが、こちらは、これを見物するために、この大量の料理をなんとか消化するために、かくも躰の不調に耐えねばならぬのかと、色にはだされど内心不機嫌になってしまうので、まことに申し訳ない。

だが、どこに行ってもかならず嬉々として訪れるのは、その街の本屋さんであって、このときばかりは疲れも忘れて、あの棚、この棚と、歩きまわる。本屋さんというのは、どの国であっても、自分がいるべき場所にいるという気楽さを持てる。のんべさんが居酒屋にくつろぐ場所を見いだすようなものかもしれない。

その土地でなくては手に入らない本というものがある。近頃はインターネットで、居ながらにしてどこの国のどんな書物でも購入できるのだそうだが、七十年の余を紙の書物になじんできた身としては、書店に積まれた紙のにおい、装幀の魅力、手にしたときの感触、はらはらとめくって数行の文字からたちのぼる印象、それら抜きでは淋しく、各地で、旅程の一日は書店探訪に割くことにしている。

目下雑誌に連載中の物語は、第二次世界大戦中のドイツが舞台なので、先頃、冬のさなか、北ドイツの街々からベルリンへと旅した。

このときは、ちょっと不思議な暗合が二つあった。旅行社を通じて通訳をお願いした方は日本人の女性で、ドイツ人と結婚しハンブルクに居住しておられる。ホテルのロビーで取材の打合せをした。主人公の生地を北ドイツの、半島形にのびてデンマークと国境を接するシュレスヴィヒ・ホルシュタインという地域に設定したのは、ドイツ史の古い本に、荒涼とした土地の写真があって気に入ったからで、他にこの地についてほとんど何も知識は持っていなかった。バルト海と北海をわかつ半島の、つけ根のあたりのバルト側に、軍港キールがある。戦争中はUボートの基地だった。主人公はキールで育ち、ナポラに入学する。ナポラというのは、ナチス時代に何校か作られた、十二歳から十七歳ぐらいまでの少年を対象とした、エリート養成を目的とする特別な学校で、戦争が始まってからは、軍事教育に重点がおかれた。

それらを取材したい旨を告げると、私の夫が、シュレスヴィヒ・ホルシュタインの出身なんですよ、とG＊＊さんは言われた。しかも、ご夫君は、戦争末期、ナポラを志望したのだが入学試験に落ちたので、志願して東部戦線に行き、じきに敗戦になり、そのままソ連のあの地獄の捕虜収容所に十数年いれられていたという。いまは、ドイツ人でも、敗戦によって廃止されたナポラの名も存在も知らない人が多いそうだ。ご夫君に知識があったおかげで、キールの近くの湖畔の都市にある、もとナポラの一つでいまは寄宿制のギムナジウムになっている建物を見ることができた。冬休みでだれもいないかと思ったら、生徒のための遊戯室にビリヤードの台があり、ぐーたらした恰好の十二、三歳の男子生徒が数人玉突きをしており、壁際のソファでは男子生徒と女生徒が抱き合ってうっとりしていた。帰省しないの？　とG＊＊さんが、いささか詰（なじ）りぎみに訊くと、家に帰ったってつまらねえ、と、ふてくされたような答えが返り、あの規律正しかったドイツも、日本同様、アメリカ化したものだと、私も感ずるところがあったのだが、これもこの小文では余談だ。

　欲しい資料の一つとしてシュレスヴィヒ・ホルシュタインの写真集をあげると、G＊＊さんはハンブルク市内の二、三の書店に案内してくださった。どこにもないので、古本屋で探すことにした。G＊＊さんが連れていってくださったのは、ホームレスに職を持たせる目的で市が作ったという小さい古本屋だった。ホームレスの起居する施設があって――ホームレスといわず、援助を必要とする人と呼ぶそうだ――そこもちょっと見学した。大部屋にベッドと小さいロッカーが並んでいた。地下道の中にある小さい店は、素木（しらき）の棚にありあわせみたいな本を無造作に並べただけで、我が国の古本屋に特有の感触やにおいはなかった。街の人たちが不要の本を持ち寄って、仕込みは只のようなものらしい。シュレスヴィヒ・ホルシュタインの写真集を、この日本人が欲しがっている、というG＊＊さんの言葉を、何だか頼りない風情で聞いていたホームレス兼店員の中年の男性は、G＊＊さんが言葉をきるや、驚くほど即座に、棚から一冊の大判の写真集を抜き出した。こちらの希望にぴったりの本だった。そう告げて礼を言うと、淋しそうな哀しそうな影の薄いホームレス兼店員氏は、つつましい笑顔を贈ってくれた。

北の取材を終わり、次に訪れたベルリンの大きい書店には、戦争中の様子に関する書物のコーナーがあり、有用な資料に恵まれた。同行してもらった若い女性編集者のS＊＊さんを、ずいぶん酷使してしまった。『ベルリン・今と昔』という空襲の写真集など、それ一冊だけでも、持ち上げると足元がふらつくほど重い。その上にさらに何冊も積み上げたのを、S＊＊さんにレジに運んでもらった。私の体力がないぶん、編集者に負担がかかる。今ここで買わなかったら日本では手に入らないと思うものだから、どこの本屋でもつい買いすぎる。ベルリンで手に入れた数々の本は、ナポラの生活の記録や、戦争中に子供時代を過ごした人々の手記もあり、目下連載中の物語のなかでたいそう役に立っている。ドイツ語は読めないから——他の国のだって、もちろん読めない——、なるべく写真の多いのにして、さらに帰国してから語学のできる人に要点を訳してもらう。悲しい。

旅先で、街のなかを気儘に歩いてウインドウ・ショッピングをしたり土産物を探したりするのが旅行好きの人の楽しみの一つらしいのだけれど、私はこの感覚がまるきり欠如している。店の前を通っても、かくべつ欲しいものも目を惹かれるものもなく、興味があるのは書店と画廊、文房具店ぐらいなものだ。

過日、篠田節子さんに誘われ、台湾に、これは取材ではなく遊びにいったのだが、故宮博物院では人骨で作った笛と巧みに豚肉を模した陶器にしか興味を示さず、もう一人同行した編集者君と、町なかの本屋さんで、「中国語訳のアカガワジローさんがある。アヤツジユキトさんもある。ワイワイ」と騒いでいるばかりであったので、篠田さんは呆れたことであろう。もう二度と誘ってもらえないかもしれない。

本狂いは生来のものらしい。小さいとき、渋谷に住んでいた。あちこちで喋ったり書いたりしているので繰り返しになるが、本を読みながら歩くので、ドブに落ち、電信柱につないだ馬(七十年前の渋谷は場末で、馬が荷車を曳いていた)にぶつかりつつもめげずに、すぐ近くの東横百貨店の本売場に、立ち読みのために日参していた。身辺に大人の書物がたくさんあり、親にそれらを読むのを厳禁されていたために、たいそう楽しく隠れ読みできた。書物で広い深い未知の世界を知ってしまったためだろう、日常はなんとも味気なく、旅行嫌いも幼時からだった。家族で旅行するときは、留守番を望み(ねえやがいるから子供の留守番は不要だったのだが)そのかわりに本を買ってもらっていた。強引に連れ出されても、汽車のなかでは本に夢中で、少しは外の景色を見ろと親に叱られた。

戦争末期から敗戦直後は、紙が欠乏し、書店の棚は空だった。山田風太郎大人の昭和二十一年の日記『戦中派焼け跡日記』をこのほど読んだ。飢餓とインフレのあの焼け跡で、三軒茶屋から渋谷までの電車賃もない中、風太郎大人は、敗戦に切歯しつつ、ソ連軍の暴虐に憤激しつつ、原爆を落として人道主義を垂訓するアメリカのそらぞらしさと、戦争中軍閥におべんちゃらを使い、敗戦後はマッカーサーにおべんちゃらを使う新聞記者に激昂しつつ、マッカーサー司令部の検閲にひっかかるゆえに新聞に真実は書けない日本を悲しみつつ、虚無の中でひたすら読書しておられた。私はその山田風太郎大人の書かれた面白いことこの上ない小説群を、お金がないから貸本屋で借りてせっせと読んだ。

このごろは、新刊書を好きなだけ買うくらいの余裕はできた。十何年来、本屋通いが生活の一部になっている。毎日、十時ごろ起きると、まず、車なら十分とかからない二子玉川の髙島屋に行く。あまりざわつかず、休憩所や通路がゆったりした、このこぢんまりしたデパートの、五階に紀伊國屋書店が入っている。書評などで先入観や予備知識を持つ前に、新しい作品に出会える。六〇年代から七〇年代前半ぐらいまでは、ヨーロッパの興味深い小説に出会うことが多かったが、最近はほとんど絶版で、アメリカ製の、あるいはそれまがいの、似たりよったりの粗い小説が多く、おびただしい本の中を歩きながら、海のただなかで喉の渇きをおぼえる感がある。それでも、本の森のあいだを逍遥（しょうよう）していると、書物の精気がしみとおって脳に血がゆきわたるのか、行き詰まっていた物語がふいに頭のなかで動きだしたり、ときに、古川日出男さんの『13』のような傑作のデビューにめぐり遇ったりするから、書店内の旅はやめられない。

「本屋さんと私」『小説現代』二〇〇二年九月

〈新ゲルマニア〉を探して

体力がなくてすぐにばてるから旅行は極力避けているのに、日本から（たぶん）一番遠い南米の取材などと身のほど知らずな計画をたててしまったのは、一冊の翻訳書のせいだ。邦訳のタイトルは『エリーザベト・ニーチェ』。ニーチェの妹であるエリーザベトは、夫のベルンハルト・フェルスター博士とともに、パラグアイに純粋アーリア人種の理想の国を建設しようと、ドイツ人——ザクセン人が多かった——の移民団を組織した。一八八六年のことである。パラグアイは今でも貧しい——日本が経済援助しているけれど、政府高官をうるおすだけで国民にまわらない——が、当時は独裁者ロペスが隣接する三国を相手にした戦争が敗戦に終わった後で、人口が激減し、土地は荒廃しきっていた。フェルスター博士夫妻は、移民に土地を開拓させ、〈新ゲルマニア〉を設立することを試みた。

およそ一世紀後の一九九一年、著者ベン・マッキンタイアーは、今は地図にものっていない新ゲルマニアと移民の子孫をたずねる旅に出た。好奇心満々のイギリス人である。エリーザベトが創設した新ゲルマニアはもう消滅したが、近辺に子孫が散り散りに住んでいる。

この道中記があまりに面白いので、跡をたどりたくなった。邦訳書を私が読んだのは一九九四年。本には著者が撮影した移民の裔（すえ）たちの写真も数葉のっている。うまくいけば、彼らと会えるかもしれない。現地の旅行社に頼んで、新ゲルマニアの場所を確かめてもらった。旅行社は、ドイツ移民の裔の一人まで捜し出してくれていた。

パラグアイの首都アスンシオンから新ゲルマニアまで、地図の上では、東京から横浜ぐらいの感じなのだが、一日がかりの行程となった。ガイドくんが用意してくれたのは、何十年も乗り回してきたようながたぼろのセダン。首都内の道路は舗装されていたが、出外れたとたんに、赤土の凄まじい泥濘道（ぬかりみち）になった。雨期だった。重い荷物をのせたトラックが通った後の轍（わだち）が小型のクーペなら落ち込んで埋まってしまいそうに深く抉れて、沼になっている。我らの車は何度も落ち込み、エンコし、がうがうエンジンをふかし、しまいにはラジエーターが煙を上げはじめ、水をぶっかけても湯気がたつばかりで、運転手くんとガイドくんはお手上げというふうにシートによっかかり、のんびりマテ茶の回し飲みをはじめた。

ちょうど通りかかった四輪駆動車に助けを求めたら、まさに奇跡、運転しているのはこれから訪れようという移民氏であった。小説で使ったら都合良すぎると批難を受けるにちがいないシテュエイションであった。農場と牧場を経営しているという彼がトラクターを呼んでくれて、這い上がれた。

陽が暮れていたから、取材は翌日にして、このあたりで只一つというホテルに泊まったが、こものホテル、赤土を焼いたような石を積んで壁とした四角い部屋を二つずつ左右に並べた簡単なもので、中央の空いたところがフロントなのだが、だれもいなかった。呼び立てていたら、ふだん着のおねえちゃんが隣の小屋から出てきて、受け付けてくれた。

夕食はホテルでとる心づもりでいたのに、食堂がない！　売店ならあるという。パンでも買おうと思ったら、甘ったるい飲物しかおいてない。ヨーグルトを買っておなかの足しにした。敗戦このかた忘れていた飢餓感であった。バスはもちろんなく、部屋の隅にシャワーはついているけれど、形ばかり。お湯どころか水も出なかった。内壁も赤い積み石が剝き出しで、爪で搔くとほろほろ崩れる。

翌朝、ぎょっとした。ヨーグルトの空き箱が色が変わって蠢いている。壁の穴から這い出した蟻の行列がびっしりたかっていた。

その日は移民氏の一家に歓待され、楽しい時を過ごした。持参した本の移民の写真を見て、「おお、彼を知っている」と移民氏は嬉しそうに自分のアルバムを見せた。同じ老人が同じような哀しそうな表情で、同じようなポーズでアコーディオンを奏でていた。

「旅先の失敗」『小説宝石』二〇〇三年五月

暗合の旅

数年前、『死の泉』という長篇を書いたとき、ドイツ人の書いた小説を野上晶(のがみあきら)なる日本人が翻訳した、という体裁をとった。

贋の奥付をつくり、訳者略歴に主要訳書として、『倒立する塔の殺人』ヨッヘン・シュルツ(早川書房)、『薔薇密室』ハンナ・カリエール(滄幻社)、『ドイツ幻想短編コレクション』(エルフ書房)を、あげた。いつか、これらの架空の翻訳書を実在のものにしたいと、漠然と考えていた。

講談社から書き下ろしのお話をいただいたとき、『薔薇密室』を実現させる機会だと思った。革命前夜の露西亜(ロシア)を舞台にした『冬の旅人』と第二次世界大戦を生きた少年を書いた『総統の子ら』の二つの長篇は幻想乃至(ないし)は妄想の羽をのばす余地のないリアルな話だったので、『薔薇密室』は幻想小説にする。薔薇の繁茂する僧院の廃墟というイメージは、すぐに浮かび、定着した。

『総統の子ら』を構想したとき、主人公の出身地をキールにしたのは、この軍港のあるシュレスヴィヒ・ホルシュタイン州が、デンマークと国境を接し、歴史の時の流れのなかで何度か国境が移動しており、独特な土地だと聞いて興味を持ったのと、昭和十六年に発行された書物に載っていた北ドイツの荒涼とした風景写真に惹きつけられたからだ。

あるイメージが浮かんでいた。男の子が、自分で作った模型飛行機を空に飛ばす。高く飛翔した模型飛行機は、やがて機首を下に向けゆるやかに下降する。男の子の視線がそれを追う。水平線が見える。鋼鉄の要塞のような軍艦が見えてくる。

キールに、実際このような場所があるかどうか、わからなかった。現地に取材に行き、ガイドをしてくださる方にイメージを話したら、そのとおりの場所があります、と案内してくださった。細長い入江の、ちょうど軍港と反対側になる白砂の浜であった。思い描いたとおりの場所だったので暗合に驚いた。

『薔薇密室』でもポーランドとの国境地帯シュレジエンを舞台に選んだ。

ヨーロッパの国々の国境は、歴史の流れから見ると複雑に動いている。

十八世紀に、ポーランドは、ロシア、プロイセン、オーストリアに国土を分割され地図から消えた。一九一四年から一九一八年までつづき大陸を荒廃させた欧州大戦の後、敗北したドイツから旧領土を奪還してポーランドの再建はなったが、そのとき、ドイツ領の東プロイセンはポーランド回廊によってドイツ本国から切り離された。

つづく第二次世界大戦で、ドイツが敗北したあと、ポーランドは、ソ連との協定によって東部の一八万平方キロメートルをソ連に割譲し、そのかわり、ポツダム会談によって、ドイツの東部一〇万平方キロメートル余りを獲得した。ドイツ領であったシュレジエンは、このときからポーランド領になり、現在はシロンスクと呼ばれている。県都ブレスラウ（現在はポーランド語でヴロツワフと呼ばれる）は、ナチスの時代には軍の重要な基地のある都市であった。

ポーランドとドイツ北部は平坦な地が多いが、このあたりはズデーテン山脈のつづきで、さして高くはないが山地になっている。

ナチス・ドイツは、地下に秘密兵器の工場を作ったり、ユダヤ人から奪った美術品を地下に収納したりしている。東に侵攻する拠点として、この国境地帯に地下道を作るという設定は、物語としてはあり得ると思った。

ワルシャワの空港に出迎えてくださったポーランド人のガイドさんは若い美女で、同行の編集者Mさんと私に一茎ずつ、真紅の薔薇を笑顔で手渡してくれた。「お客さまを迎えるときのポーランドの習慣です。私はイヴォナと言います」。取材の旅でこんな嬉しい出迎えを受けたのは、初めてだった。

大戦末期、ワルシャワ市民が占領軍に抵抗して蜂起をした。その悲痛な絶望的な様子は、アンジェイ・ワイダの『地下水道』で知られている。ナチス・ドイツは、ワルシャワを徹底的に破壊した。戦後、ワルシャワ市民は、残った資料や写真を駆使して、戦前のままの姿に復興した。しかし、ヴィスワ川東岸の一部の建物は、無惨な弾痕をそのまま残して保存してある。

シュレジエンは観光地ではない。ここを是非見たいというポイントもなく、土地の様子がわかればいいだけなので、適当にドライヴするよう運転手さんに言ってください、とイヴォナさんに頼んだ。イヴォナさんはチャーターした車のドライバーと、私たちにはわからないポーランド語で相談していたが、ふいに顔を輝かせて、「そういう地下道があると、運転手さんが言っています」と言った。

「ＳＳが、掘ったのです」

名所ではない。地元の人しか知らない場所だし、運転手さんも道はうろおぼえだという。そしてイヴォナさんが言った。「そういえば、私も子供のころヴロツワフに住んでいたのですが、おばあちゃんが、この街の下には、ＳＳが作った地下道がたくさんある、と言っていました」

親衛隊として作られたＳＳは、ヒトラーに次ぐ指導的地位にあったヒムラーが掌握し、公にできないことにも従事していた。

「ヴロツワフの地下道は、入れますか」

「残念ですが」ザムネムと、イヴォナさんは発音した。「危険なので、出入口は塞いだそうです。どこにあるか、今は、もうわかりません」

運転手さんはときどき通りがかりの人に道を訊ねている。あまり期待はできないと思ったのだが、車はゆるやかな山道をのぼり、ほんとうに地下道の入口にたどりついた。かくもあらんかという妄想と現実が一致した瞬間だった。

入口の近くに、チケットやパンフレットを扱うコテージが建っていた。専門のガイドが、中に案内してくれた。

ドイツ軍が撤退するとき破壊して行ったという。山の横腹を掘り抜き、上下左右に複雑な迷路をつくっている。点検して明らかになった部分のコンプレクスの地図が壁に貼ってあった。コンプレクスという言葉の意味がそのときわからなかった。優越感・劣等感というときに使うコンプレックスしか、私は知らなかったのだ。後で辞書を調べ、建築物の複合体を指すのだと知った。この一帯では、他にもいくつも地下のコンプレクスが発見されているそうだ。

『死の泉』の取材でオーバーザルツベルクの地下の防空施設を見たが、それが破壊されたら、まさにこんなありさまだろうと思えた。

コンクリートの壁が崩れ、配管が剝き出しになり、発掘された銃が何十本も赤錆びていた。危険のないように管理された場所しか見ることはできないが、まだ奥にずっとつづいている。コテージで売っているパンフレットには、発見発掘された数多いコンプレクスを記載した地図だの、発掘時の写真だのが載っていた。ポーランド語なので読めない。ワルシャワに帰る列車の中で、写真の説明文などをイヴォナさんに日本語に訳して書き込んでもらった。記事によれば、それらをSSが何の目的で作ったのかは不明だ、重要なものが秘匿されており、敗戦のとき持ち出したのかもしれない、とあった。

SSの統率者ヒムラーが実利と妄想を綯い交ぜていたのは事実で、これは実物を見て『総統の子ら』に書いたのだが、ドイツ国内のヴェーヴェルスブルクという古城に奇妙な塔を作っている。ヒトラーはそこを一度も訪れていない。当時はまだドイツ領であったブレスラウでヒムラーが何をしようとしていたのか、おおいに妄想を刺激された。

『本』二〇〇四年十月

ダブリンからスライゴーへ

幼いころから憧れたアイルランドへ一人旅

ダブリンから北西に向かってほぼ二〇〇キロ。アイルランド島を列車で横断したのは、三十数年昔のことになる。生まれて初めてのヨーロッパ旅行、しかもパリまではツアーに入っていたが、その先、ロンドン経由でアイルランドへは、まったくの一人旅だった。

アイルランドは幼いころから眷恋(けんれん)の地であった。イェイツの『隊を組んで歩く妖精達』に惹(ひ)かれ、『鷹の井戸』に魅了されていた。『鷹の井戸』は、イェイツが日本の能に触発されて著した幽玄な戯曲だ。

陽の落ちたベルファストの空港に下り立ったときの心細さといったらなかった。

歳月を経ると、記憶の雑多な部分は洗い流されて、印象の強い場面のみが、鮮明だ。

薄闇（うすやみ）の向こうにほとんど少女といっていいくらいの華奢（きゃしゃ）な女性が、紺色の厚いコートに身を包んで立っていた。乗客の中に日本人は私一人だったからすぐに見分けがついたのだろう。歩み寄ってきて、私の名前を確かめ、ホテルまで案内してくれた。

ホテルのラウンジに、観光局の人が二人、待っていた。二人とも逞しい大男で、太い毛糸をざっくり編んだアラン・セーターに毛糸の縁なし帽を被った無骨で素朴な姿は、役人というより、シングの戯曲に登場する漁師を思わせた。ＩＲＡ（編集部注・アイルランド共和軍）に関しては、いっさい、関心を持たないでほしい。漁師ふう小父さんは、真っ先にそう釘を刺した。イギリス領になっている北アイルランドも、南のアイルランド共和国も、ＩＲＡの爆破活動真っ最中の時期だった。翌日から、観光局の別の人が車で案内してくれたが、いつどこで爆破が起きるかわからないと、ぴりぴりしていた。道中、パブを見かけるたびに立ち寄って一杯やり――私はまるで飲めないのでジュース――アイリッシュは飲兵衛だという風評を裏付けた。新聞にも、幾つもの爆破の記事が破壊された建物の写真入りで載っていた。

イェイツが愛した地へ列車に乗って

ベルファストからダブリンへ。ダブリンは、北アイルランドのように切迫した空気はなかった。公共建物は警戒態勢で、出入りの度に荷物を調べられたけれど、日本人の女がＩＲＡに加担しているわけもないと、形だけで、デパートの警備員など、「たくさん買い物してくれ」とウインクしたほどだ。

アイルランド人は皆、イングランドの圧政に抵抗するＩＲＡの味方かと思ったら、ダブリンで会った人たちは、爆破行為を迷惑がっていた。ゲール語を復活させる静かな運動で抵抗したいと、観光局長さんは言った。ダブリンで二日ほど過ごし、それからいよいよ、イェイツが愛した地スライゴーに、列車で向かった。

アイルランドは、北海道より一回り大きい程度の島だけれど、周辺に丘陵地があるだけで、中央部は広大な平野が広がる。車窓から見渡す限り牧草地が続く。羊がのんびりと群れている。右の窓と左の窓では、まるで別の場所のように空の色が違うのに驚いた。視線を左右に動かすだけで、明るい空と夕雲の流れる空が見えた。

スライゴーの駅は、牧草地の中に小さい駅舎がぽつんとあるだけで、今はどうなっているか、その当時は、店らしいものも見当たらない、寂しいところだった。スライゴーの郊外、ドラムクリフに、イェイツの墓があり、ケルト十字架と僧院の円塔の残骸が散在している。塔は鳩の栖(す)になっていた。このあたりまでくると平穏そのもので、ＩＲＡの活動は話題にも上っていなかった。

往路と同じ路線の列車に乗り、ダブリンに帰り着いたら、駅は騒然としていた。ＩＲＡが、駅舎を爆破すると予告を出したのだという。即刻、駅から離れるようにと繰りかえし放送されていた。人の動きが慌ただしい中で、迎えの人と奇跡的に巡り会えた。

アイルランドの人たちは、気さくで親切だった。もう一度訪ねたいと言ったら、老婦人が「Yes, you must.」と応じた。こんなに温かい must は、はじめて聞いた。再来年あたり、再訪の計画がある。私自身が老いた。かの婦人にはもう会えないだろうが。

「私の鉄道物語」『PHP　ほんとうの時代』二〇〇八年二月

海賊女王の島で

アイルランド本土ウェストポートの殺風景な船着き場で、クレア島に渡る小型フェリーに乗りました。

方向音痴で頼りない私をエスコートしてくださる同行者は、担当編集者のOさん、通訳をしてくださる現地ガイドのしのぶさん、ドライバーのナイジェルさん。しのぶさんはアイルランドの方と結婚し、ダブリンに在住しておられます。ナイジェルさんは四十代ぐらいの巨漢で、穏やかだけれどたいそう頼もしい。アイルランドの風は、激しいのです。まともに吹きつけられると、軽量の私は、一歩も前に進めない。何かにしがみついていないと、メアリー・ポピンズになります。階段の手摺りや柱を握りしめたまま、「ナイジェール、ヘルプ　ミー！」と何度叫んだことか。巨漢ナイジェル氏は、空豆に爪楊枝を突き通したみたいな私（一四五センチ、三七キロ、ウエストだけ太い）を、コートの中に包み込んで、あたかも雛（ひな）を庇う親鳥のごとしでした。

船着き場で、しのぶさんやナイジェルと立ち話ししていた痩せた長身の男性——たぶん五十代

――が、クレア島のガイド、マーティンさんでした。

ナイジェルの車はウェストポートに残しました。島では、マーティンのワゴン車を使うので、本来なら、ナイジェル君はウェストポートで自由時間を持ってもいいのですが、面白がってついてきました。クレア島に渡るのは初めてだということでした。

海賊女王グラニュエル・オマリー――グローニャ――が拠点としたのが、このクレア島にある城です。取材の旅の、もっとも重要な場所です。

岸壁を離れるや、小さいフェリーは、揺れる、揺れる、揺れる。

船室に閉じこもっているのはつまらないと、甲板に出てみたのですが、立っていることもできない激しい揺れです。湾の中なのに、外洋を行くよう。戸口に腰を下ろし、枠に摑まっていました。それでも、油断すると吹っ飛ばされます。

まるで泳げないので海は苦手なのですが、このときは、いくら揺れても不思議なほど怖くなかった。というのは、甲板で、フェリーの船員さん二、三人とマーティンが、立ったまま楽しそうにお喋りしているからです。彼らが談笑している間は、危険はまったくないのだろうと思いました。この程度の荒波は、彼らには、穏やかな海と変わらないみたいです。『海賊女王』の連載が始まったとき、この経験が生きました。主人公の一人アランは、もともとはスコットランドの牧童で、アイルランドの族長に傭兵として雇われ、ガレー船に乗ります。海を見るのさえ初めてですが、荒波に揉まれるガレー船の中で、「怖いか」と船乗りにからかわれ、「あんたたちの態度で、危険が迫っているかどうか、わかる。あんたたちが笑っている間は、俺も笑うことにする」と言わせました。

　アイルランドを訪れたのは、二度目です。四十年も昔、小説誌に短篇を載せていただけるようになって間もないころ、海外を舞台にしたいと、選んだのがアイルランドでした。生まれて初めての、ヨーロッパ旅行でした。子供のころからイェイツが好きで、アイルランドは眷恋（けんれん）の地であったのです。まだフライトは羽田発の時代でした。パリからロンドンと乗り継ぎ、ベルファスト上空にきたときは陽が落ちていました。窓の下に遠く見える小さい灯りに、「翼よ、あれがアイルランドの灯だ」と、思わず心に呟いたのでした。ちょうどＩＲＡの活動が盛んで、爆破騒ぎが絶えない時期でした。ダブリンの空港も爆破予告があって閉鎖されたりしていました。書き始めて間もないころで、編集の方に同行していただくような贅沢は思いもよらず、ひとりで危なっかしく動いていました。アイルランド人はたいそう気さくで親切な人が多く、私が道に迷っておろおろしていると、何人も寄ってきて、親身になって助けてくれました。

　それから四十年も経って再訪したアイルランドの、人の気質はまったく変わっていませんでした。

　三十分ほどでクレア島の船着き場に上陸。ガイドのマーティンさんは、島の案内図の前に立ち、これから見る場所を説明しました。小さな島ですから、見るべき建造物は、グローニャの城と修道院跡にある彼女の墓ぐらいなものです。

「我々は、グローニャの城を見て、この道をこう行き、ここでランチをとります」

　地図を指さしながらそう言ったとき、マーティンさんは、嬉しさを隠しきれないというように、唇を結んだまま、ムフフと笑ったのです。よほど食事が楽しみなのかしら、かわいい小父さん、と思いました。

エリザベス女王の時代、イングランドやフランスなどでは、堂々たる宮殿や寺院が建設されていますが、イングランドの支配を受ける前からこの地に先住していたゲールの族長の城は、石を積み重ねた角塔一つの素朴なものです。

オマリーの部族(クラン)を率いた女海賊グローニャの城もそうでした。船着き場のすぐそばに、無愛想な姿を見せています。石壁に穿(うが)たれた窓は、銃眼と大差ないような小さい穴です。内部は、かつては多少の塗装が施されていたのかもしれませんが、今は荒々しい石が剝(む)き出して、牢獄みたいです。それでも、クランの人々には、頼もしい城であったことでしょう。

アイルランドで、クレア島より一般によく知られているのは、アラン島で、この島の暮らしをドキュメントふうにまとめた『アラン』という映画があります。岩だらけで沃土がないので、岩の割れ目のわずかな凹みに土を入れ、作物を育てていました。クレア島も地質は同じです。弱々しい草や苔が生えているだけの荒涼たる地です。一九世紀のアイルランドの作家シングが著した『アラン島』に、島の女が背に負った籠に海藻を山と積んで、浜辺の竈(かまど)に運ぶ場面が描かれていますが、二〇世紀に作られた映画『アラン』にも、そっくり同じ光景がありました。おそらく、クレア島でも大昔からこの女たちの重労働はあったことでしょう。男たちは、カラッハと呼ばれる小さい舟で、波逆巻く荒海に乗り出し、漁をします。小舟は、木の枠にタールで防水した布を貼っただけの代物です。グローニャのクランの男たちが漁にもちいたのもこの頼りないカラッハです。海賊業は、ガレー船でしたが。

岸壁に立つと、打ちつける高波の激しさは、身が竦むほどです。

この荒々しい島にも小学校があって、修道院跡とグローニャの墓がある教会を見たついでに、隣接する校庭をのぞいてみました。子供たちは人なつっこく、通訳のしのぶさんやドライバーのナイジェルが話しかけると、口々に応じていました。

マーティンの塗りの剝げた古びたワゴン車は、ゆるい傾斜の丘をのぼり、ぽつんと建つ家の前に停まりました。

ここで、マーティンのムフフの意味がわかりました。出迎えてくれたのは、白黒まだらの愛らしい仔猫と、むく毛の大型犬と、ふっくらした笑顔の女性。

「妻のベス」と、紹介されました。

マーティンの住まいだったのです。驚き喜ぶ私たちを見るマーティンの、してやったり、みたいな嬉しそうな笑顔。

猫と犬とベスに大歓迎されて、居間のテーブルにつきました。

ベスの手作りのスープは、もともと食が細く、旅に出るといっそう食欲が減退する私でも、お代わりするほど美味でした。

ベスはアメリカ人で、アイルランドを訪れたとき知り合ったマーティンと愛しあい、結婚してこの島に住むようになったのだそうです。しのぶさんと同じように、ベスもアイルランドとアイルランド人に魅せられたのですね。別棟の白い建物が、ベスのスタディオでした。窓枠はブルーで、明るい瀟洒な建物です。ベスは織物作家で、糸を紡いで染めて機(はた)を織ることまで、一人でやっています。ベスの言葉によれば、外国人の見学者も多く、日本人の織物関係の団体もきたことがあるそうです。

帰りのワゴン車に、マーティンの愛犬が飛び乗ってきました。

編集者のOさんは、その後ダブリンに戻ってから、市街地の上に大きくかかる半円形の虹を見たそうです。私はホテルにこもっていて、見そびれました。惜しいことでした。

グローニャとアランも、海にかかる壮大な虹を、何度か見たのだろうな。

『小説宝石』二〇一三年九月

幕間――マイ・ベスト

22世紀に遺したい「この一冊」

ブルーノ・シュルツ『肉桂色の店』

これまでに読んだ夥しい小説のうち、好きなものをただ一冊だけと言われたら、ブルーノ・シュルツの短篇集『肉桂色の店』をあげる。

〈……透明な薄皮の下にいっぱいの水を含んだ艶やかな桜桃、匂いと味とのまるでちぐはぐな黒いさくらんぼ、金色の果肉に、長い昼下がりの芯を抱きつつんだ杏――そうした果物の清純な詩情の傍らには仔牛のあばら骨の白い鍵盤をつけたまま、力と滋養に膨らんでいる肉の一塊が……〉(「八月」、工藤幸雄訳)

ガリツィアのドロホビチに、ユダヤ人のブルーノ・シュルツは生まれた。一八九二年。本邦の芥川龍之介、堀口大學、西條八十らの生まれと同年である。この地は、所属する国が世界情勢によって変わった。二つの大戦はもろにシュルツ一家を蹂躙した。

その上、父親と姉が精神を病み、義兄は自殺した。第二次世界大戦下、ブルーノはゲットーに強制収容され、一九四二年、ゲシュタポに射殺され、生を終えた。

長からぬ生涯に、残したのは二冊の短篇集とそれに洩れた数篇、そうして何点かの絵のみであった。シュルツは生の不安、不条理を、日常の生活の言葉では記さない。

本書の訳者工藤幸雄氏は、〈言葉の妖術師〉と形容する。シュルツ自身は〈現実の神話化〉という表現を用いている。〈孤高の中の精巧なガラス細工〉は彼が他の作家の作品を評した言葉だが、これはシュルツ自身にもっともふさわしい。

『本が好き！』二〇一〇年一月

我が青春の「青春小説」

『白痴』ドストイェフスキー
『閉された庭』ジュリアン・グリーン
『シュンネーヴェ・ソルバッケン』ビョルンソン

『白痴』については、記すまでもないだろう。

ドストイェフスキーが描く人物は、皆、過剰なものを抱えこんでいる。ムイシュキン公爵は過剰に無垢であり、ロゴージンは過剰に激しい。卑しい性情の者でも、その卑しさがあまりに過剰なために聖性に近づくほどだ。十代前半でこの小説を読んだとき、気障な表現しかできないのだが、魂を鷲摑みにされた。

ジュリアン・グリーンはカトリックの作家であるが、神の従順な僕ではなく、宗教の矛盾との葛藤の軌跡が小説になったと感じている。『閉された庭』は、原題は『アドリエンヌ・ムジュラ』。戦後は原題のままのタイトルで邦訳されている。一片の救いもない、暗鬱な小説である。少女アドリエンヌは、母はおらず、父に押し潰され姉に突き放され、唯一すがれるかと思った医師は頼りにならず、医師の姉に敵視される。最後の悲鳴のように、少女は殺人に走る。頭の上から重石がのしかかってくるような読後感であったが、これが真実なのだと、十歳に満たなかった私は共感した。安易な救いや癒しは、まやかしに過ぎない。どん底から救いを求める声が、形式、儀式、聖職者の偽善的な説教などとは関係ない、神に繫がる。

北欧のビョルンソンが少女を描いた『シュンネーヴェ・ソルバッケン』は同じ頃読んで、それきり読み返しておらず、貧しい娘が地主の家で働き……というほかは内容をほとんどおぼえていない。アドリエンヌとは対極にある、哀しいけれど愛らしい話だったという記憶だけが残っている。『アルネ』という、少年を主人公にした小説といっしょに、世界文学全集の一冊に収められていた。戦後『日向が丘の少女』という邦題で少年少女向けのシリーズに入っていたようだが、絶版らしい。

『小説すばる』二〇一一年二月

私が選ぶ国書刊行会の3冊

『山尾悠子作品集成』山尾悠子
『巴里幻想譯詩集』日夏耿之介・矢野目源一・城左門
『独逸怪奇小説集成』前川道介訳

『世界幻想文学大系』や『ゴシック叢書』『ドイツ・ロマン派全集』『フランス世紀末文学叢書』などによって、魂を養われた。これらの甘露に恵まれなかったら、貧血状態であったろう。書を読む気力さえ失ったかも知れない。

どれもがかけがえのない国書刊行会の書物の中から、わずか三冊を選ぶのは至難だけれど、と前置きして。

『山尾悠子作品集成』
永遠の命を持つ、言葉の構築物。ただ一人の女性の想像力が、かくも豊潤な世界を創り出した。幻視の力は、卑近な日常をはるかに凌駕し、原初から存在する真実の世界を、読む幸運を得た者に視(み)せる。飢餓感に捉えられたとき、私はこの書を読み返す。一つの言葉、一行のフレーズによって、私は生気を取り戻す。

『巴里幻想譯詩集』

日夏耿之介、矢野目源一、城左門。幻惑的な詞藻を鮮やかに駆使する三人の本邦詩人によって訳された、中世から近代まで網羅するフランスの幻想詩の数々。

異国の言葉は、流麗な雅語、洒脱な江戸言葉に換えられる。日夏耿之介は漢字の視覚的美と大和言葉の雅なひびきを融合し、矢野目源一、城左門は小唄の粋を異国の詩に通わす。願わくは、これらの詩語の絶えざらんことを。

『独逸怪奇小説集成』

ドイツ文学者前川道介先生の御訳業がこの一冊にまとめられたのは、愛読者にとってまことにありがたいことであった。このように編纂されなければ、『ミステリマガジン』や『幻想文学』誌上に掲載された諸作は、散逸を免れなかっただろう。

後書きに代えて付された「ドイツ怪奇幻想文学について」は、幻想文学の本質から、我が国での受容、ドイツとオーストリア、イギリス、フランスなどの歴史と文学の関係、各々の国民性にまで言及された、たいそう貴重な、魅力のある小論文である。

『私が選ぶ国書刊行会の3冊――国書刊行会40周年記念小冊子』国書刊行会、二〇一二年八月

もっとも美しい小説

『詞華美術館』塚本邦雄

やまと言葉がいかばかり豊潤であるかを、詞のヴンダー・カマーに顕示するのが、塚本邦雄の『詞華美術館』である。

展示室はそれぞれ、一つのテーマによるフレーズが、時代はいにしえの聖書から現代のSF、アンチロマンまで、場所は洋の東西すべてより、蒐集される。

乙州（おとくに）の〈夏ごろも夜の綺羅こそ男なれ〉に始まる「瑠璃甲冑（るりかっちゅう）」の壁面は、木曾義仲の装束を語る平家物語の一節、フランソワ・ラブレー記すガルガンチュワの過剰ないでたち、ジャン・ジュネが『泥棒日記』で描くスティタリーノの破れたシャツさえ猛々しく優雅な姿、つまりは装える男（をのこ）の麗（うるわ）しさ凜々（りり）しさが、塚本邦雄自身の短歌と玲瓏（れいろう）たる詞によって縁取られ、飾られる。「展翅板」の部屋には、蝶を主題に、後鳥羽院の和歌、安西冬衛、ネルヴァルの詩、王朝の物語から久生十蘭の佳篇まで招聘される。

二十七の部屋を巡り終えたとき、快い酩酊に、そのままうち伏したくなるのである。

『オール讀物』二〇一二年十一月

私の好きなポケミスBEST3

1 『**そして誰もいなくなった**』アガサ・クリスティー
2 『**火刑法廷**』ジョン・ディクスン・カー
3 『**ジェゼベルの死**』クリスティアナ・ブランド

1は、今やあまりにも有名で、現在の若い読者には、なんだ、孤島物か、と言われそうですが、その孤島物の原型を創ったのが、クリスティーです。前人未踏のアイディアでした。一人、また一人と消えていき、そして誰もいなくなったときの驚きときたら。

ポケミスが刊行されたとき、初めて、クリスティー、クイーン、カー、ブランドなどに触れて、ミステリの面白さを知りました。その後、一時期、あの小口と天地を黄色く塗った縦長のポケミスを、目につくかぎり読んでいました。昔のことなので、内容は大半忘れましたが、没頭して読んでいるときの愉しさは、記憶にしっかり残っています。意外な犯人、意外な動機に、一作一作驚いていていました。

2のラストにも驚かされました。これも今ではありふれた手法になりましたが、初読の時は新鮮でした。怪異な謎が、論理的にきちんと解明された直後、足元を掬われました。

3は、あの甲冑（かっちゅう）のあれに、ぞくぞくしました。本作と『猫とねずみ』『自宅にて急逝』が、ブランドのマイ・ベスト・3です。
ボアロー＝ナルスジャックも偏愛しているのですが、『私のすべては一人の男』は、ポケミスじゃないんでしたね。再読したいです、ハヤカワさん。文庫化されないでしょうか。

『ミステリマガジン』二〇一三年十一月

ミステリマガジン思い出のコラム

出帆せよ！

『ミステリマガジン』（ＨＭＭ）は、毎号、様々なテーマで特集を行なっています。他の小説誌でも特集は時たまありますが、テーマに沿った短篇を集めるのが普通です。ＨＭＭは、カラーグラビア、エッセイ、評論、そうして小説と、多方面から立体的にテーマを浮かび上がらせます。編集の方はさぞ大変なことと思いますが、多彩なテーマは時にこちらの意表をつき（宝塚とかね〜）、たいそう楽しいです。

特集の一つに〈出帆せよ！　英国帆船小説〉がありました。帆船小説二篇および『海の覇者トマス・キッド』シリーズの作者からのメッセージとともに、同シリーズを訳された大森洋子氏が「帆船小説の舞台を訪ねて」というエッセイを載せておられます。見開き二面にわたるカラーグラビアとさらにモノクロの写真も満載の、読み応え、見応えのあるエッセイです。雑誌は置き場がなくなるので、ある程度溜まると泣く泣く処分せざるを得ないのですが、この一冊は、帆船の写真が魅力的で、手放せずにいました。

〈出撃門（サリー・ポート）〉にも心惹（ひ）かれました。塁壁にうがたれた殺風景な四角い穴。強制徴募された水兵たちは小舟でこの穴から海に出、スピットヘッド海軍泊地に碇泊する大帆船に運ばれたのだぞうです。帆船の写真集はいろいろありますが、この二十数葉の写真は、大森さん（と、お目にかかったこともないのに馴れ馴れしくお呼びしてしまいます）がご自身で撮られたものだからでしょう、私自身がその場にいるような親しみをおぼえます。

『ミステリマガジン』に連載した『アルモニカ・ディアボリカ』で、〈彼ら〉を新大陸に渡らせようと思ったとき、このエッセイに大いに助けられました。再読し写真を見直し、出撃門から漕ぎ出す小舟の群れのイメージを鮮烈に思い浮かべることができました。ポーツマスまで取材の足をのばさなかった無精な作者は、貴重な写真を載せてくださった大森洋子さんに、深く感謝しています。

『ミステリマガジン』二〇一四年六月

マイ・ベスト・ポアロ・アンケート

1位　ABC殺人事件
2位　アクロイド殺し
3位　オリエント急行の殺人

クリスティーの偉大さの一つは、後続者が受け継ぎたくなる型を創造したことにあると思います。

ハヤカワのポケミスが創刊され、初めてこれらの作品に接したときの衝撃力は強大でした。今は、このパターンを踏襲し、変化させた後続作を先に読み、その後にクリスティーを読む読者も少なからずいるのかもしれません。ミステリを読み込んでいなくても、いろいろなパターンの知識が、いつとはなく身に付き、新鮮な驚きを得にくくなっているかもしれません。若いときに、何の予備知識もなくクリスティーを読むことができたのは、思えば、幸せなことでした。

ベストに挙げたポアロの三作は、とりわけ、型が明瞭です。ポアロではありませんが、『そして誰もいなくなった』のパターンも、書き継がれ、読み継がれています。

クリスティーは偉大です。

『ミステリマガジン』二〇一四年十一月

岩波文庫創刊90年記念　私の三冊

(1)『白痴』（**ドストイェフスキイ／米川正夫訳／全二冊**）

十代の半ばだった私に、この作を十二分に咀嚼できたのかどうか心許ないが、読後、これほど心に深く残った作は他にない。好きな作品はと問われたとき、別格の高みに置くのが『白痴』です。

(2)『短篇集　死神とのインタヴュー』（**ノサック／神品芳夫訳**）

苛酷な現実と神話が融合した幻想的な深淵に浸る。戦争と死が揺曳する。〈海は人間のあらゆる苦難を洗い落とす〉（収録作「海から来た若者」）。物語も亦。

(3)『ホフマンスタール詩集』（**川村二郎訳**）

訳者川村二郎先生が解説で的確に評しておられる。〈単に詞藻の「円熟と絢爛」にとどまらず、（略）幻視的な世界認識能力が（略）発現しているからこそ、これらの詩は無比の魅惑と化す〉

『図書』二〇一七年五月臨時増刊

私の一冊

エリック・マコーマック『パラダイス・モーテル』

——奇想天外、格調高く、奇々怪々

十何年か昔、雑誌の企画で桜庭一樹（さくらばかずき）さんと対談をしたことがあります。お互いに好きな作品の名を挙げたとき、「エリック・マコーマックの『隠し部屋を査察して』」と私が口にした途端、桜庭さんはすっくと立ち上がり、「私も好きです！」と宣言なさいました。同席の編集者（本誌「レイコの部屋」で読者もお馴染みの方）は、クララが立った！　と思われたそうです。

そのマコーマックに最初に接したのが、『パラダイス・モーテル』でした。静かで詩的なプロローグと最後の章のこれも静謐（せいひつ）なラストの間に挟まれた本文は、祖父が他者から聞いた話——父親が母親を殺し、屍体を分断して四人の子供の体内に埋め込んだ——を〈わたし〉に語る第一部の後に、成人した四人にわたしが会いに行く話が並ぶ。どれも奇妙で、楽しく振り回されながら読み耽（ふけ）り、そしてラストで、読者である私はもっとも楽しくぶん投げられ、波の泡になったのでした。

『ミステリーズ！』二〇一九年六月（九十五号）

第四部

物語を発見していく旅

幻花の舞
——渥美半島・伊勢神宮紀行

記憶の底から浮かびあがる紫の花叢

幼いころの遠い記憶は、すでに、夢と現（うつつ）がわかちがたくなっている。雑木林の根方は下草におおわれていた。木下闇（このしたやみ）にまぎれがちなその叢（くさむら）が、木漏れ日を受ける一瞬、光に濡れ、ビロードのような紫の艶を帯びるのだった。

野生の菫の群落だったのだろうか。しかし、記憶にあるのは、露の雫がふと色づいたような野菫の可憐な姿ではない。猛々しいほどに、生い茂っていた……と思う。一輪一輪の花の姿もおぼろだ。闇に溶けた叢がつややかな紫の花の毛氈（もうせん）に一変するその瞬間のみが、眼裏（まなうら）に鮮やかだ。

半世紀にあまる歳月は、幼い目が見たありふれた情景を、この世ならぬものに変形（へんぎょう）させてしまっているのかもしれない。

空襲が激しくなり、東京をはなれ、父の郷里に疎開させられていたときだ。長男である父は、医院を開業すると同時に両親弟妹を呼び寄せ、一家をあげて東京に移り住んだから、郷里には実家はなく、遠縁のものがいるばかりだった。父と母は東京に残り、私たち子供と祖父母だけが疎開した。通学の都合もあって、県内の市中に家を借りた。夏の休み、祖母に連れられ、遠縁の家を訪ねた。祖母が縁者と話し込んでいるあいだ、その家の、同じ年頃の女の子にさそわれ、私は外に出たのだが、じきにはぐれてしまった。帰り道をさがしているうちに、雑木林にまよいこみ、紫のビロードの群落に出会ったのだった。

ひたすら心細く、見とれて喜ぶゆとりはなかっただろうと思うのだが、そのときの心の状態はおぼえていない。心細くなったのは、雑木林の奥からうっそりと出てきた男と出会ったときだ。男は、子供の目には中年に見えたけれど、いま思い返せば、せいぜい三十代の半ばぐらいだったのかもしれない。垢じみてよれよれの浴衣の前がはだかり、青白くやせこけた顔に、眼窩が深くくぼんでいた。

「倉、売った」と、男は訴えるようにつぶやいた。視線は私にむけられていた。

その声音はあまりに哀しかった。たとえば、傷ついた犬が助けを求めるような目をむけているのに、こちらは何もできない、死んでいくのをただ、見ているほかはない、そんな心細さを、幼い私は感じていたように思う。

それから後の記憶は、ひどく曖昧(あいまい)になる。女の子が近寄ってきたのは、たしかなのだ。遠縁の子ではない。見知らぬ少女であった。父親ほども年の違う男を、なだめ、連れ去った。しかし、その子が、白い衣と緋の袴——お巫女さんのような姿——であったのは、本当だったろうか。その夜みた夢が現の記憶に混じり入っているのではないか、とも思う。

たぶん、男は、あのころ珍しくはなかったsyphilisの第四期ぐらいだったのだろう。放蕩の果てに先祖代々の倉を売り、これも放蕩の結果である病気におかされた脳に、家財を蕩尽した罪悪感ばかりが強く残り、相手かまわず、「倉、売った」と口走らずにはいられなかったのだろうと、長じてから、思った。

紫の花の群落と、奇妙な男の奇妙な言葉。そうして、私と同年くらいの女の子が男を連れ去ったこと。それらの記憶は、曖昧なくせに部分的に鮮明で忘れられず、物語を書くようになってから、「流刑」というタイトルで、幻想小説の素材に使ったことがある。「流刑」と題したからといって、現実の犯罪者の話ではない。日常の生活に強い違和感を持つ主人公の、本来在るべき異界からこの現世に流されているという感覚をタイトルとしたのである。主人公にとっては、現実がむしろ馴染めない異界であり、だれの言葉だったか、〈この世のほかならどこへでも〉なのだった。

執拗にとり憑(つ)いているできごとや記憶は、一度、物語として再生させ世に出すと、心から離れていく。物語を書くという行為には、一種、魂鎮(たましず)めの力もあるのだろうか。

そんなことを思ったのは、伊勢神宮の神楽殿で巫女の舞を見ているときであった。

いや、伊勢を訪れる前に、渥美(あつみ)の農村で、地を鮮やかな黄色で埋めつくした菜の花の畑にたたずんだときも、紫の幻の花叢(はなむら)がちらりと心をかすめはした。しかし、菜の花がもたらす連想は、すぐに、舞踏「保名（やすな）」にうつり、幻花は消えた。

〽恋よ恋、われ中空になすな恋

笛と鼓の囃子とともに、乱れ髪に紫縮緬の病鉢巻、小袖の片肌ぬぎ、長袴の裾をひき、安倍保名が花道を狂い出る出端（では）に、舞台は作り物の菜の花が生気をおびて春の野と化す。

〽姿もいつか乱れ髪
　誰が取り上げていうことも
　菜種の畑に狂う蝶　翼かわして羨まし

恋人の自害に心狂った保名は、形見の小袖をかき抱き、菜の花にたわむれる蝶を扇で追う。

このごろは、稽古事に日本舞踊を修める子供は少なくなったが、戦前は、町のお師匠さんに気軽に習えた。お茶やお花を習うのとたいして変わらない気楽さだった。私も小学校に入る前に少しやらされたけれど、根性なしで、じきにやめてしまった。従姉に水木流の名取がいて、「保名」をみごとに踊ったのをおぼえている。戦後は、その従姉も、結婚、夫の死、女手で二人の子供を育て上げ、と労苦がかさなり、踊りどころではなくなった。敗戦後の日本は、文化に関しては、アメリカの植民地のようだと感じることがある。邦舞も一般の素養から遠ざかった。

保名は、後に、恋人と生き写しの女人（にょにん）、葛の葉姫に出会い、正気にもどる。

これから後の物語は、「葛の葉子別れ」として、歌舞伎での上演も多い。保名は葛の葉と夫婦になり、子供ももうけ、わび住まいながらしあわせに暮らしているが、ある日、突然、もうひとりの葛の葉姫が保名のもとをたずねてくる。保名の妻となった女は、実は、彼が命を助けたことのある白狐であった。本物の姫が出現したので、狐は泣く泣く、子と別れ、秋の花野に去っていく。そのとき、障子に一首の歌を書き残す。

〈恋しくばたずね来てみよ和泉なる信田の森のうらみ葛の葉〉

この文字を、筆を口にくわえたり裏文字で書いたりするけれんが、見せ場になっている。

残された一児が、後に成長して、名高い陰陽師、安倍晴明となる。

異類婚の話だが、狐葛の葉は、実は被差別集団の女という、きわめて説得力のある説があり、福田善之氏がこの説にのっとった戯曲『お花ゆめ地獄』をあらわし、人形と役者の共演という魅力ある舞台を作っておられる。この話に立ち入るには、紙数が足りない。

人の手で、華麗に艶麗に創り上げられてゆく花々

菜の花ばかりではない、温暖の地渥美は、菊やストックの花畑も目につき、立ち並ぶビニールハウスでは、洋蘭の栽培が盛んだ。

都会の花屋では、胡蝶蘭は、一つの茎についた花の数で値段が決まる。一輪一輪がそのまま金銭をあらわしているようで、好感を持てないでいたのだけれど、育成栽培の現場を目にして、印象が一変した。

数棟のすべてをあわせれば千坪にもなるというビニールハウスの中は、目路のとどくかぎり胡蝶蘭の花波である。

純白、桃紅、淡いクリーム色。華麗な花株のならぶあいだに、シジミ蝶のように小さい素朴な蘭の栽培される一郭がある。

東南アジアを原産地とする蘭の原種だという。この野の花が、人の手で、華麗に艶麗に凄艶に創り上げられてゆく。その人工美の過程と完成にも、私は歌舞伎を連想する。

もとはしがない野の芸人、やや子踊りで稼いでいた出雲の阿国(おくに)が、念仏踊りの墨染め衣をはっと脱ぎ捨て、「いざや、かぶかん」濃い紅梅に箔摺の小袖、金襴の袖無羽織、髻(もとどり)を紫の打紐で高く結い、黒髪長くたらした若衆髷、黄金作りの太刀という、意表をついた男姿をあらわせば、人々は熱狂し、「いとし若衆と小鼓は　しめつ緩めつしらべつつ　寝入らぬさきに　なるかならぬか　春の踊りを一踊り」いささか猥雑な歌と踊りに、声をあわせ手拍子をうったという。そうして、遊女屋が大資本を投入したこともあって、かぶき踊りは、またたくうちに全国にひろまり、人々に愛され、役者は言うにおよばず、狂言作者、大道具師、小道具師、裏方表方一つとなってよりおもしろく、より楽しくと工夫をこらし、変遷を経ながら、伝統芸能歌舞伎として定着していく。歌舞伎は、人から人へ、地上を水平にひろがる人工の花である。

屹立する濃緑常緑の大樹は神と人を結ぶベクトル

花の渥美半島の南端、伊良湖岬(いらごみさき)に宿をとり、翌日、フェリーで伊勢湾をわたり、伊勢神宮の宮域に入れば、雰囲気は、一変する。

濃緑常緑の大樹が、垂直に、屹立する。

色あざやかな花卉は、境内にはみられない。万葉のころより、人々に愛されてきた馬酔木の白い小さい花房が、葉陰にひそやかに咲くぐらいなものだ。まして内宮社殿を中心とした一帯の神域となれば、鎮座以来伐採をゆるさぬ、太古のおもかげをそのままに残す原生樹林である。

古木奇岩、山容、滝津瀬、自然が内包する力に古代の人々は神を感じ、畏敬したが、伊勢宮域の樹林は、ことさら、その垂直性によって森厳さを増す。

天と地を、そうして、神と人を、結ぶベクトルである。樹木の中をながれる樹液は、大地の命であり、葉は天の命をうけて樹幹のやしないとする。

同じベクトルを、私は〈能〉に、感じる。

渥美が地に水平にひろがる悦楽の歌舞伎であれば、伊勢は、地から天に向かう荘厳な能にたぐえられよう。

歌舞伎の所作は、踊りである。足が地をけってかろやかに跳ぼうと、かならず、また地にもどる。

能は、摺り足で舞う。静やかに、その足は、地にある。しかし、内に秘められた力は、ひたすら天にむかう。それは、祈りにさえ、似ている。

祈りを、花のごとき形にして神に捧げるのが、神楽殿での舞楽である。飛鳥、王朝の楽人もかく舞いかく奏でたことであろう。その不易不変は、感動的でさえあった。欧米の文化の植民地と、現代の風潮を悪しざまに言ったが、伝統の根は、ゆるがずここにある。もちろん、装束といい、楽といい、往古、大陸文化の影響をうけて成り立ったものではあるけれど、大和人の感性が、独特の技芸の花をつくりあげ、それが連綿とつたわってきている。

一見、まったく異質に見える歌舞伎と能は芸能がすべてそうであるように、根を神事におく。湾の海を境界に、接点のないようにみえる伊勢と渥美が、実は、鏡の裏表のように、緊密に結ばれている。神楽を拝観しながら、そんなことを思っていた。

〈兄〉と呼ばれる花が、少女らの館に咲く

現在神楽殿が建つあたりに、かつて〈子良の館〉と呼ばれる棟が在った。

そこに住まうのは、初潮をみぬ少女、童女ばかりであった。

物忌とも、子良とも呼ばれていた。

儀式帳の記載によれば、内宮の物忌は九人とある。

おそらく、他の棟のように、白木に檜皮葺きの簡素な館であったことだろう。服装についての資料はないが、巫女に似た白衣緋袴と想像される。

少女たちの役目は、祭儀のときの神殿の扉の開け閉てや、御饌の供奉など、祭神への奉仕にあった。

〈物忌の父〉の名称で、少女たちの父親がそれぞれ補佐役をつとめたというから、まったく血族から切り離されたわけではないらしいが、俗界から隔絶された森閑とした薄暗い館に、五つ六つ

から最年長でも十二、三までの、子猫のような女の子たちが集められ、日をすごしていたその情景は、愛らしく、ほのかに艶めかしく、そうしてせつなくもある。

あざやかな花を排除した神宮に、ただ一ヵ所、この子良の館にのみ、梅の一樹があった。〈御子良子の一もとゆかし梅の花〉の一句を、芭蕉が『笈(おい)の小文(こぶみ)』に残している。

今は、〈花〉といえば桜をさすことが多いが、上古においては、〈花〉はすなわち、梅であった。それほど愛でられたということであろう。万葉集で〈花〉と詠むのは梅である。古今集のころから、桜を〈花〉と詠むようになった。

梅はまた、〈花の兄〉と呼ばれた。万(よろず)の花にさきがけて咲くゆえだ。水仙より先に咲くからだという説もある。

物忌の乙女らは夢にも知らぬことであろうが、〈花の兄〉が、かなりあらわに艶めいてもちいられた歌舞伎の舞台がある。白井権八と幡随院(ばんずいいん)長兵衛が出会う鈴ヶ森。いまは、鶴屋南北のものが多く上演されるが、これは南北に先立つ桜田治助の「傾情吾嬬鑑(けいせいあづまかがみ)」。

雲助を切り捨てた権八の水際立った若衆ぶりに、駕籠をとめて見ていた長兵衛が声をかけ、江戸での再会を約するが、このときの二人の割り科白には、衆道の情の交歓がある。

共に襦袢の片袖を千切ってとり交わし、

「初雪忘れぬ」

「花の兄」

「濡れていとわぬ」

「弟草」

「末の契りを」

「長兵衛殿」

「権八どの」

「待ちましょう」

姉ではなく、兄と、男性的に呼ばれる花が、少女らの住む子良の館に咲く。ほのかな艶めかしさは、そこから生じるのかもしれない。

清浄な少女の夢に、たとえば身近な若い神官のおもかげが、梅の香りにさそわれて顕つことの、ありやなしや。

ちなみに、〈花の弟〉は、菊である。

小さくつつましい花を秘めた山々

能になぞらえた場所に歌舞伎がまぎれこんでしまったが、伊勢神宮が、俗人をよせつけない荘厳一辺倒の地かといえば、そうではない。

お伊勢さん、の名で、全国の善男善女に親しまれてきた。お伊勢参りは、江戸の庶民にとって、一生に一度は、という願いでもあった。言うまでもないけれど、今のような楽な旅じゃない。東海道を歩く。ひたすら、歩く。参勤交代の殿様なら別だが、庶民は歩くほかはない。馬や駕籠をつかうのは、よほどの金持ちだ。それも、通しで乗るものはまず、いない。馬も駕籠も、乗せるほうも大変だが、乗るほうも決して楽じゃない。

それでも、出かけていく。〈……時得て咲くや江戸のはな、浪静かなる品川や、……軒端ならぶる神奈川は、はや程谷（保土ヶ谷）のほどもなく、くれて戸塚に宿るらん、紫匂ふ藤沢の、野も瀬につづく平塚も……〉（『東海道往来』・享保刊）と、宿々に泊まりをかさね、お伊勢参りでございますといえば、関所のあらためもゆるやかになる。

ほぼ六十年周期で突如巻き起こるのが、〈お蔭参り〉である。どこそこで御札が降った、と噂がひろがる。それをきっかけに、路銀も持たず身支度もせず、集団をつくってお伊勢さまを目指す。道々、御布施をはずんでくれる人には事欠かない。進むごとに加わるものが増え、集団はふくれあがる。ふだん抑圧されているエネルギーが爆発するのだろう。

似たような現象が、ヨーロッパの中世にもあった。十字軍が盛んだったころだ。一人の少年が、神のために戦え、異教徒の手から聖地を取り戻せと神の啓示を受けたと言い、仲間をつのって進軍した。子供たちがいっせいにくわわった。各地で同じような現象が起きた。少年十字軍と呼ばれるが、聖地奪還どころか、途中で人買いに拉致されたり野垂れ死にしたり、哀れなことになったといわれる。

お蔭参りの騒ぎは、やがて、ふっと醒め、少年十字軍のような悲惨なことにはならず、いっときの至福をあじわった人々は、憑（つ）きものが落ちた顔で帰途につく。

幕末になると、お蔭参りのヴァリエーションのような〈ええじゃないか〉の騒ぎが各地でおきている。民衆のエネルギーを、倒幕派が利用した、というような話になると、花の主題からそれるので、さておき、それすぎた目を、伊勢の神域にむけなおす。

その前に、一言そえれば、花には狂いの要素がたぶんにひそんでいる。この場合の花は、桜をさすが、昔、京都では、春、神泉苑において、花鎮めの祭りが行なわれた。花が疫病を呼ぶ畏怖を、踊り祈って鎮める行事である。

内宮の宮域は、五五〇〇ヘクタール、と数字で聞いても広大さの実感はわかないのだけれど、借景と思っていた山々が、あれも宮域と神職の方に教えられ、神路山（かみじやま）、島路山（しまじやま）、鬱蒼（うっそう）と木々に覆われた二つの山に目をあずける。

山路にわけいれば、浅間龍胆（りんどう）、神宮躑躅（つつじ）、素朴な花々が、岩の狭間や葉陰にひっそり咲いているそうな。

鉄線も蘭も、鑑賞用に栽培されたものとことなり、小さくつつましく、ひめやかに愛らしいという。

神道は清浄を旨とし、穢れを忌む。参拝の前に、手を洗い口をすすいで穢れを禊（みそ）ぎ祓う。冷厳だと思っていたのだが、白木の素朴な神殿や、小さい花を秘めた山々の前で、ふと思った。日本の神は、穢れを削ぎ落とせと厳しく命じるものではなく、おのずと清めてくれる、おおらかな力なのではないだろうか。記憶の底から浮かびあがる紫の花叢と、「倉、売った」とつぶやく男を思った。垢のように肌にこびりついた穢れを、洗い捨ててくれる力が、日本の神なのかもしれない。

そうして、感じた。私たちは、目に見えぬ、無遍在の花に包まれて生きているのかもしれない。その花を、神と呼ぶのかもしれない、と。

『旅』一九九六年四月

闇色の光
——近江八幡・彦根紀行

松岡正剛氏に『フラジャイル』という大作がある。サブタイトルを、〈弱さからの出発〉という。この書を私が知ったのは、ミステリ評論家千街(せんがい)晶之氏の文章による。フラジャイルは形容詞であり、名詞は〈フラジリティ〉となる。こわれやすい、傷つきやすい、脆い、といった観念をさす言葉である。

松岡氏は、この言葉に、ほかにも、多様な、複雑な意味をもたせた。弱さ、儚さ、繊細さ、やさしさ、危惧、躊躇、煩悶、欠如、挫折感、敗北感、異形、異端……。そうしてフラジャイルをキーワードに、事象の内面をさぐっていく。

弱さは強さよりも、深い。そう、この書は断定する。深く、そうして美しい、と。

然り、と私も思う。〈敗北の美学のみが永続的だ〉ジャン・コクトーは、『阿片』に、そう記す。

戦国の世は、力のせめぎあいだった。勝者が英雄であり、敗者は消える。

戦国は、幾多の美しい敗者を生んだ。花のようなると後世うたわれた秀頼があり、兜(かぶと)に香をたきしめたといわれる木村重成がある。

秀次もまた、美しい敗者の一人であると、私には思える。

美しい……いや、秀次には、凄まじい異名が与えられてきた。摂政関白にひっかけて、殺生関白と呼ばれたのである。

敗者であるゆえに、そうして、死者であるゆえに、後世おもしろずくでつけられたこの悪名に、秀次は、反駁のしようもない。

しかし、事実は、どうだったのか。

近江八幡の町並みを歩く前に、まず、居城のあった八幡山(はちまんやま)にのぼった。この山頂に、かつて、秀次の居城はあった。謀叛の咎(とが)で秀次が高野山で自害させられた後、城は徹底的に破壊され、残るのは石垣ばかりだ。

ロープウェイで中腹までのぼり、後は徒歩で、城の本丸跡に建つ瑞龍寺(ずいりゅうじ)をおとずれた。

境内に立つと、南に、町の家並みが見わたせる。

〈飾り物〉であった短い一生

秀吉の姉の子として生まれたことが、秀次の生を決定した。

百姓の子であったものが、叔父秀吉の養子にされ、武将の道を歩まざるを得なくなる。十六歳で初陣。伊勢の滝川と戦ったのを皮切りに、賤ヶ岳(しずたけ)、小牧(こまき)・長久手(ながくて)、紀州攻めにくわわり、さらに四国攻めと、戦火のなかに明け暮れている。

残酷でない戦など、ありはしないけれど、紀州攻めは、ことさら酸鼻をきわめた。攻撃軍は、戦力とはならぬ老人、女、子供、ほぼ五千人を、千五百の戦士とともに焼き殺した。そのなかに、十六歳の少年秀次も、身をおかねばならなかった。

秀吉が家康と対決した天正十二年の小牧・長久手の戦いで、秀次のひきいる軍は敗走し、秀吉の激怒を買っている。怒るほうが、無理だ。一軍の将といっても、十七歳の少年、しかも、戦の経験はまだ乏しい。飾り物にすぎない。――秀次の短い一生は、まさに、〈飾り物〉であったのだが――。

近江蒲生(がもう)・神崎(こうざき)・野洲(やす)三郡と大和の一部、四十三万石を与えられ、近江八幡に入ったのは、天正十三年、秀次十八歳のときだ。

すでに廃城であった織田信長の安土城を八幡山山頂にうつし、築城と町づくりがはじまる。だが、秀次は、ここに腰をすえている暇はなかった。養父秀吉の命により、さらに、各地に出陣する。まさに席の暖まるひまなし、という状況だった。

まず、天正十五年、秀吉の九州・島津征討に際し、大坂守衛の任に着く。城と町の一部が完成したのは、この年である。

近江に戻った秀次は、新しい城で、ようやくくつろぎ、領国の経営に意欲も持ち、政務にはげもうとしたことであろう。だが、天正十七年、秀吉は、はじめて、実子を得た。側室淀の方が、初子鶴松を産んだのである。

とたんに、秀次は、またも苛酷な戦場に送られる。

天正十八年、まず、相模の北条討伐に出陣を命じられる。緒戦に戦功をあげて帰国すると、尾張一国ならびに伊勢五郡百万石をあたえられ、清洲城に移ることになる。近江八幡には、京極高次が入城した。

秀次が近江八幡城主であった期間は五年にみたず、しかもその大半は戦場にあった。

清洲城にも落ちつくひまはなく、転封と同時に、奥羽平定総大将を命じられ、八月五日、会津におもむかされた。秀吉が秀次に命じたのは、民間の武具の没取と検地である。検地を終え、稲田がみのり秋風が薄をそよがせる九月、秀次はいったん清洲にひきあげたが、翌年、ふたたび奥州に軍をすすめねばならなかった。大規模な一揆が各地で頻発し、その鎮圧を命じられたのである。実子を得てほくほくしている秀吉の身勝手がすけてみえる。

陣所にあてられた寺や豪農の家に、老人や子供が集められた。男たちを一揆に加担させぬための人質である。しかし、抵抗をやめぬ者は多い。みせしめのために、皺ばんだ白髪首や幼い子供の首が、粗末な丸木の台の上に太い竹釘でさしとめられ、晒された。

この仕置きは、秀次の性の残虐の証となるか。否。断じて、否、である。

殺戮の命令は、秀次の名において出されよう。しかし、これは、彼の発案ではない。戦国の世、多くの将がとったやり口である。武田信玄が、敵の戦意をそぐために、非戦闘員のおびただしい首をさらした話は有名である。信長が長島一揆鎮圧にとった暴虐もまた、世に伝わっている。信玄、信長らは、みずからの意志で、殺戮をおこなった。秀次は、秀吉の意志の代行者である。それも、老練な武将らに担がれての。

私はむしろ、このような命令を発せざるを得なかった若者の心中を思う。

ようやく一揆がおさまったこの年、鶴松が病死した。嗣子を失った秀吉は、秀次を呼び寄せ、自らは太閤となり、秀次に関白職宣下をうけさせる。秀次を後継者と、はっきりさだめたのである。

京の壮麗な聚楽第(じゅらくだい)が、秀次の居館としてあたえられた。しかし、実権は秀吉の手にある。

秀吉は、朝鮮侵攻にとりかかる。

文禄二年、秀吉の側室淀の方が、ふたたび男子を出生した。

淀の方が産んだお拾(ひろい)君——後の秀頼——を秀吉が溺愛したことは、詳説するまでもなく、よく知られている。

秀次は、もはや、ひ弱な少年ではない。自らの意志をもった青年武将である。それに、秀吉も気がついた。

お拾君三歳、秀次二十八歳の文禄四年、突如、謀叛の疑いありとして、秀次は関白の位を剝奪され、七月八日、高野山に蟄居を申しつけられる。十五日には切腹の命令が下っている。謀叛が、まったくの冤罪であることは、秀吉の側に立って書かれた『甫庵(ほあん)太閤記』でさえ、無実と記していることからも明らかだし、いまでは、権力闘争の犠牲となったというのが定説となっているようだ。

無実であるからこそ、権力側は、犠牲者の悪評をさまざまにたてねばならなかったのだろう。

狩猟を好んだのは事実だろうし、側室を数多く持っていたのも、秀次自害の後、正室、側室、その子供ら三十数人、秀吉の命令で、ことごとく斬首され、その辞世も残っているのだから、事実だろうが、この処刑は秀吉のほうがよほど残虐だったことの証でしかない。殺生という名は、秀吉にこそふさわしかろう。

青ずんだ水をたたえる掘割

八幡山山頂から見下ろす近江八幡の町筋は、京のように、整然と碁盤目をつくっている。JRの駅から八幡山まで、一直線だ。ふつう、城下町は、道を鉤(かぎ)の手につくる。敵軍の襲撃をはばむためである。近江八幡の街路は、軍事的には、無防備とさえ言える。しかし、古城之図に見る城は、典型的な山城である。居住性を重視した平地の居館ではない。

戦国後期には、城主の居城は平地に築き、護(まも)りの砦(とりで)を山腹に築くようになってきている。かなり早い時期に自国内を統一し、繁栄をほこった駿河の今川が好例で、壮麗な居館を駿府におき、同心円を描くように、山城、平山城をめぐらし、防備を固めている。

京の聚楽第にある秀吉を護るための山城であったのか、それにしては、城下の無防備さ。この矛盾に、史学の専門家ではない私は、明確な返答はだせない。

明らかなのは、商業が発展するのに好適な町づくりであったということだ。

現在の市街地の北半分ほどが、当時の城下町である。八幡山を下り、古い家並みの残る狭い通りを、ふらりと歩く。時の流れが、都会とちがい、ゆるやかだ。

秀次の——あるいは側近の補佐役の——みごとな政策の名残である八幡堀が、青ずんだ水をたたえている。

掘割は、両端が琵琶湖につらなる運河として開鑿(かいさく)された。湖上を行き来する荷船は、運河を通り、この町に寄宿することを義務づけられた。

織田信長の安土にならって、楽市楽座の制も敷かれている。職種を一つの座が特権的にもつことなく、だれにでも開放されたのである。これらの措置は、商業の繁栄を目的としている。

日本最古の下水道も、秀次の治世下に、この近江八幡につくられている。その遺構は、いまも見ることができる。

秀次が暗愚の将ではなかった証は、町筋と掘割、下水溝といった町づくりに残っている。

徳川時代には、この地は、天領となり、商人の町として、発展する。大商人の家が、いまでも保存され、市立資料館として、一般に開放されている。

大切に保存された武の遺産

翌日、彦根へ足をのばした。

琵琶湖畔の城下町、という点が、近江八幡と共通しているが、町の表情は大きく違っていた。

近江八幡は、天領となってから、武を払拭し商の町となったが、彦根は、彦根藩主井伊家の城下町、武の遺産が、大切に保存されている。

天守のそびえる本丸を中心に、幾重にも堀をめぐらし、内堀と中堀のあいだの二の丸に下屋敷や重臣の住まい、中堀の外に家臣団や町人、外堀の外に足軽や町人の住まいと、大藩の城下町が形成されていた。

いまは、町名が変わり、住人の暮らしも変わったが、旧い町名をみると、桶屋町、伝馬町、大工町、紺屋町……と、居住者の職業から暮らしぶりまで想像がつく。——東京でも笄町だの猿若町だの、それぞれに由緒のある名前が消えてしまった——。

ドイツのミュンヘンは、大戦中七十数度の空襲をうけ、まったく廃墟となった。戦後、復興するにあたり、焼失前の建物を復元せよと条例をさだめた。それによって、古都のおもかげが、美しく残っている。

日本の都市にそれをもとめるのは、むりなこととわかっている。戦前と戦後では生活様式がちがいすぎる。生活様式が変われば、町の模様が変わるのも当然で、ことに、江戸と現代の暮らしの違いは、あまりに大きい。それでも、古いものをとどめようとする意志によって、ある程度、消滅をくい止めることもできる。莫大な費用と労力と、不便さをしのばねばならぬこともあり、軽々しく言えることではないけれど。

彦根市では、黒瓦に白壁、千本格子の、江戸時代の町家を復元した通りが、新設されていた。人が住み、ふつうの暮らしを営んでいる。横丁を入ったところに経師屋さんがあり、昔ながらの手仕事をしていた。

観光名所として整備された場所ではない思いがけないところに、みごとな光景を発見するのが旅の楽しさだ。外堀のまわりを歩いているとき、一部が広い蓮池になっているのを見た。蓮の蕾は夜明けとともにひらく。そのとき、かすかな音がすると言われている。石上玄一郎氏の小説を思い出した。広大な蓮池の持主が、戦後没落し、盲目となる。老いた持主を、若い男がたずねる。老人は、早暁、蕾のひらく音をきいてくれと、自慢の蓮池に案内する。途中、老人の娘が、困惑して打ち明ける。蓮池は、とうに人手に渡り、蓮は枯れてしまいました。しかし、父には告げられないのです。まだ、蓮があるふりをしてください。池を前に、盲目の老人は、耳をすませよという。朝日がさしそめ、殺風景な池に光がみちる。そのとき、若い男は、群生する蓮の蕾がひらくかすかな音を、聴いた。

数年前、私は若い友人を癌で失っている。その友人は、蓮の蕾は、天にむかってたなごころをあわせた祈りを形にあらわしたものだというエッセイを書いていた。

狂おしく舞う光の粒

城の表門橋をわたり、表御殿を復元した彦根城博物館に入り、〈井伊の赤備え(あかぞなえ)〉として知られた朱塗りの甲冑(かっちゅう)だの、刀剣類だの、能面、能衣裳、雅楽器だの、豊かな陳列品を見た後、石段をのぼって天守閣にむかう。あいにく修理中で、中にははいれないのだが、そのかわり、解体修理中の建物の一部を見学できる仕組みになっていた。三層の城の二階の部分を目の高さで見るという珍しい体験ができた。

天守の北の、黒門のほうに石段をおりる。両側は、鬱蒼(うっそう)と木立が繁り、深山を歩く気分だ。陽が落ちかかっていた。木立のなかで、蜩(ひぐらし)の鳴き音に包まれた。

ピアニッシモからはじまって、クレッシェンド、フォルテッシモに達し、しずかにピアニッシモになって消える。また、かすかな鳴き音。徐々に高まって、最高潮になる。澄明な底に一筋の哀感のある、青葉に染まったこの鳴き音は、どんな楽器も奏でることはできないのではないか。東京で耳にする蜩は、種類がちがうのだろうか。濁った耳障りな音で、棒のように、唐突にはじまり、同じ調子で鳴いて、ぶっきらぼうに、ぷつりと断ち切られる。芸のない鳴き方だ。

凜(りん)とした、透明感のある彦根城の蜩は、カウンター・テナーを思わせた。女性のアルト領域まで声域をひろげたテクニックを持つ男性歌手を、カウンター・テナー、略してCTと呼ぶ。男性の胸郭のひろさ、力強さをもちながら、女性のアルトまで走りのぼる男性ソプラニストの歌声は、実に妖しく蠱惑(こわく)的なのである。ヨッヘン・コヴァルスキーやルネ・ヤーコプスなど、何度か来日して人気が高い。ことに、コヴァルスキーは、容姿が魅力的なこともあって、コンサートのときは、花束をもった女性が列をつくる。――筆がそれた――。

常識的な性別を超えた声の魅力、ということから、秀次の自刃に、連想が飛翔したのである。

旧暦七月十五日。自刃の場である高野山青巌寺は、蜩の声に包まれていたことだろう。五人の寵臣が、殉死した。そのうち、三人は、名も年もわかっている。山本主殿助、山田三十郎、そうして不破万作(ばんさく)。いずれも、十八歳。

この三人は、殉死にあたり、願い出て秀次の介錯をうけた、と、『甫庵太閤記』はつたえる。〈史書よりも軍書に哀し、吉野山〉。冷厳に史実を研究し記述する史書より、『平家物語』や『義経記』のような、荒唐無稽もまじえ、誇張や歪曲もある軍書のほうが、嘘のなかから真実を浮かび上がらせることがある。

敗者の悲哀は、虚とも実とも立証できない言い伝えのなかに、より痛切に花開く。

三人の小姓は、花の盛りの美少年、秀次の寵童でなくてはいけない。

ことに、不破万作は、戦国三美少年の一人として名高く、神谷善右衛門の『新著聞集』(寛延二年版)、高井蘭山の『春雨譚(はるさめものがたり)』(嘉永元年版)その他に、逸話が記されている。いずれも、秀次の深い寵愛をうけていた不破万作が、あまりの美貌に、他の男から恋い慕われ、袖をかわした、情のあるはからいだ、と褒めたたえられた、という話で、『春雨譚』にいたっては、万作に恋い焦がれた相手は高僧となっている。幕末の頽廃趣味にあわせた架空の話ではあるが、不破万作が、衆道の理想を連綿と担わされてきたことが、察せられる。

戦国の世にあっては、衆道のちぎりは、いささかも、悖徳(はいとく)ではない。むしろ、美徳である。

割腹した三人の小姓をつぎつぎに首討って介錯し、さらにみずから自刃した秀次は、血の匂いで、自らを彩った。殺生の二文字は、秀次を、おとしめるどころか、ホドロフスキーやポランスキーの映画に見られる惨と美の主人公に比すべきまでに、高める。花のようなる秀頼様も、木村重成も、清冽(せいれつ)なだけで、血の翳りをもたない。

そんなことを思いながら、黒門を出、玄宮園(げんきゅうえん)にはいる。井伊家の四代目藩主が築造した庭園である。池を琵琶湖になぞらえ、周辺に近江八景を模したものだそうだ。右手に竹生島を模した島、左手の古びた建物は、かつて藩の下屋敷だったもので、現在料亭になっている。

黄昏、池も周囲も、薄闇の中に沈んでいた。

突然、眼前の景色が変容した。青みを帯びた光が、池を浮かび上がらせたのである。碧玉を溶いた上に靄をかけた案配。右手の島の近くに三羽の白鳥。青暗い水の上に、幻想的までに白い。あまりにできすぎた光景だ。

左の、料亭の窓の下には、螢にまがう光の粒が、おびただしく、乱舞している。

しばらく茫然と眺めていたが、ようやく、わかってきた。二階に張り出した出窓の下に、特殊な色のライトがとりつけてあり、それが灯ったのであった。

それにしても、この光の破片は……。螢にしては動きがめまぐるしすぎる。

ただの羽虫にすぎないのだと、気がついた。ライトを浴びて、目眩をさそうほどきらびやかに輝き、狂おしく舞っている。

秀次……と、わたしは思ったのだった。

おそらくは、凡庸な若者。それが、勝者の歴史のなかで、闇色の光を浴び、血臭の衣で身をかざった、異端の美丈夫に変身した。フラジャイルな摂政関白、豊臣秀次。

『旅』一九九六年十月

物語を発見していく旅

身辺雑記でいいんですよ、と担当編集者のMさんに言われたが、ひたすら物語を紡ぐことに没頭しているだけの毎日なので、その物語のほかに、身辺の話題はなにもない。

他社の書き下ろしだから、このページに書くのは申しわけないけれど、頭を切り替えることができない。このところ、寝ても覚めても、夢のなかでも、ドイツだ。ことに、半ばは覚めかけ、まだ半ばは眠りのなかにいる曖昧な時、物語は、それ自体生命を持ったもののように、頭のなかで動いている。

そもそもは二十年ほど前に書店で見かけ入手した翻訳書『狂気の家畜人収容所』（鈴木豊訳）にはじまる。原題を『AU NOM DE LA RACE』というノンフィクションである。第三帝国時代、ナチスの組織の一つとしてレーベンスボルンというものがあったことを、この書物で知った。

大戦中、日本でも、産めよ増やせよ御国のためにの標語のもと、女はひたすら子供を産むことを奨励された。将来の人的資源を確保するためである。

戦時下のドイツでは、さらに徹底して、人口増加がもくろまれた。私生児の出産を国家が奨励したのである。男子は戦場におもむかされ、戦死者も多い。ルドルフ・ヘスは、「未婚の母への手紙」によって、国家がもとめる性関係を以下のように説明した。〈大いなる危機の時代には、既成の道徳を無視してさえも、さまざまな処置がとられなければならない。人種的に見て純粋な青年男子が、未来の世代にその血を引き継ぐ子供たちを自分の後に残して前線に送られるとき、そして妊娠した娘がなんらかの理由で結婚できないとき、この自然の富に配慮を加えなければならない。平時ならば、おそらく起こるであろう障害も、このときはなんの価値もない。社会に対する女性の第一の義務は、健康で純血な子供を国家に提供することである〉（前掲書）

提供された私生児のために、産院と乳幼児保育施設であるレーベンスボルンが用意されていた。純血という言葉に特殊な意味がある。全ドイツ人を、人種的にすぐれた金髪碧眼長身のアーリアンに改造していこうというのが、ヒトラーの信念であった。アーリアン尊重、人種不寛容は、ヒトラーが突如思いついたことではない。それに先立ち、十九世紀に書かれたゴビノーの『人種不平等論』などが、ドイツ人にかぎらず、ヨーロッパの白人種のあいだで、人気と関心を呼んでいた。

人種改革のために、SS隊員は先祖にさかのぼって純血であることがもとめられた。SSは、占領地区である北欧の金髪碧眼の女性と遊び、その結果である赤ん坊も、続々とレーベンスボルンに送り込まれた。

そのほかに、レーベンスボルンは、もう一つの陰の顔を持っていた。手っとり早くアーリアンを増やすために、ポーランドや東欧、北欧などで見られる、金髪碧眼の外観をもった子供たちを、強引に親からひきはなし、レーベンスボルンに収容した後、SSの養子にしたのである。

私は、だらしないので始終ものをなくす。本も、山積みの下にうずもれているうちに、紛失してしまうのが常なのだが、この本だけは、いつも、手元にあった。いつか、これを素材に書きたいと、漠然と思っていた。

少年少女を主人公にした物語に惹かれる。子ども向けに甘口に仕立てたものは嫌悪を感じるが、愛好してやまないのは、たとえば、『異端の鳥』『蠅の王』そして、近年話題になった『悪童日記』。どれも、子供は、まやかしのヒューマニズムじゃ生きられないことを突きつけてくる作だ。

六、七年前、もうひとつ、夢中になるものにめぐりあった。友人から送られてきた一本のテープであった。聴いたとたんに、背筋がぞくっとするほど魅入られた。スタバト・マーテルを、カウンター・テナーとボーイソプラノで歌ったものである。当時、日本には輸入されてない盤を、テープにとってくれたのである。

カウンター・テナー——略してCT——は、最近は歌手の来日も多いから一般的になったが、そのころは、まだ、あまり知られていなかった。男性でありながら、女性のアルトの領域までの声域をもったテナーである。

十七世紀ごろ、去勢によって高音域を保つカストラートがあった。ドミニック・フェルナンデスの『ポルポリーノ』に、その生態はくわしい。

CTは、悲惨な手段とは関係なく、高度のテクニックで高音域を獲得している。それでも、最初のうちは、いかがわしい目で見られもしたらしい。以前パリに在住し、CTを生で聴いたことのある従妹に、魅せられたと話したら、「わたしは、あれ、大嫌い」と身ぶるいしていた。

ルネ・ヤーコプスやヨッヘン・コヴァルスキーなどのカウンター・テナーが来日し、友人の好意でとりにくいチケットも手に入り、聴くたびに、ますます、溺れこんだ。ヤーコプスは大学教授のような風貌だが、コヴァルスキーは美貌で、来日コンサートのたびに、花束をかかえた若い女性が列をつくる。

ミステリの書き下ろしの話をいただいたのは、そのころである。十七世紀のカストラートと、第二次大戦のレーベンスボルンと、戦後のカウンター・テナー、三つの素材をもちいて、幻想ミステリを書きますと、約束した。

カストラート、カウンター・テナーに造詣の深い瀬高道助氏にレクチャーを受け、資料集めもはじめたのだが、その後、締切りが厳しい新聞や週刊誌の連載がつづき、書き下ろしの時間がとれなくなった。これ一本に打ち込まなくては書けない題材だ。

毎年、いまの連載が終わったら、と言い訳しているうちに、六、七年経ってしまった。

さいわい、今年、まとまった時間がとれるようになった。ところが、去年、映画『カストラート』が上映され、知識が一般にひろまり、『カストラートの歴史』『カストラートの世界』などの著書も刊行されたので、カストラートについてことこまかに書きこむ必要はなくなった。それにともなって、中世から現代にまたがるという構想を少し変える必要が生じた。

この四月の末にドイツに行ってきた。取材というのもおこがましい短期間の旅だったが、レーベンスボルンの建物が残っていたのに、感慨をおぼえた。シュタインヘリンクという村の名前はわかっていたが、五十年も前のことである、なにもないだろうと、あきらめていたのだ。村の雰囲気だけでもわかればと思ったのだが、通訳をお願いしてあった方が、前もってしらべ、探し出しておいてくださった。

改築され、当時のままではないが、様式はほぼ復元されている。現在は心身障害者の施設になっていた。戦争末期、ここは、悲惨な状態だったはずだが、たいそうのびやかな明るい雰囲気に一変していた。村役場に、かつてのレーベンスボルンの記録がいくらか残っていた。

物語を紡ぐ幸せは、その中にひたりこんで、日常ならぬ生を追体験できることにある。私の場合は、と、言い添えねばならないだろうが。しかし、いつも幸せを味わえるとはかぎらない。筆がすすまず、苦吟していることもある。むしろ、その方が多い。そういうときは、書くのが苦痛だ。胃は痛くなる、からだはだるくなる、頭は重くなる、と覿面(てきめん)にこたえる。――これは、内輪話であって、書き手として、人前で言うことじゃない――。心やさしい友人に、ほとんど毎日電話をかけて電話口で呻いている。つい筆がすべった。身辺雑記というと、こんな話になってしまう。

これまでに、書くことが楽しくてならず、ほかのことに時間をとられているあいだも、これがすめば、あの物語を書ける、と、こころがはずんだのは、数作にすぎない。そして、登場人物に憑依(ひょうい)されたと感じた作は、さらに少ない。

『花闇』が、その稀な一つだった。幕末に実在した女形、三代目澤村田之助を素材にしたのだが、この、壊疽で手足を失いながら舞台に立った凄艶な役者を知ったのは——もちろん、本で読んだのだが——小学校の三年のときだった。それ以来、眷恋の相手であったのだ。

もう一つが週刊誌に連載した『妖櫻記』で、これは足利時代の史実と江戸の戯作を綯い交ぜ、嘘八百、まことに楽しく書けた。

そして、目下書いている『死の泉』（仮題）である。といっても、すらすら進んでいるわけではなく、書きなおし、書きなおし、なのだけれど、胃は痛くなっていない。

最初にきっちり骨組みを作って、それから肉付けをしていくという手法が、私はできなくて、およその行く先をきめた後は、筆にまかせるしかない。

彫刻家は、大理石の塊のなかにすでに存在する彫像を彫りだしていくのだという意味のことを、読んだ記憶がある。私にとっても、この長篇は、すでに内在する像が掘り出されるのを待っている巨大な岩であるように感じられる。もつれた糸のかたまりが宙にあり、そのはしをうまく探り当てひきだすと物語が紡がれると感じた作もある。完成した絵が描かれたカンバスに、覆いがかかっていて、それを少しずつ剝いでいくと物語があらわれる。そんなふうに感じた作もある。創るのは私なのだけれど、ほんとうは、もう、在るのだ、それを発見していく旅が、私が物語を書く道程なのだ、とも感じる。人物の造形があやふやだと、道に迷う。

短篇の場合は、書く楽しみにはあまり恵まれない。むしろ、つらい——とまたも禁句を書いてしまった。まず、場面が浮かぶ。あるいは、短い言葉が浮かぶ。それをつかまえるまでに、時間がかかる。気に入った場面なり言葉なりをつかんだら、そこから書きはじめる。書いているうちに、ああ、こういう話なのかと、わかってくる。連想作用に身をまかせるといえばいいか。向こう岸がみえないのに、舟を漕ぎだすようなものでもある。

うまく対岸に着けばいいけれど、溺れてしまうこともあって、そのときは、破棄して、はじめからやり直し。快感は、ぴたりと向こう岸に着けたとき、はじめて感じられる。

今度文庫にしていただく幻想短篇連作集『骨笛』は、沼猫という一つの言葉からはじまった。解説を、去年創元社の評論部門で受賞された新進の評論家千街(せんがい)晶之さんにお願いした。面はゆいけれど嬉しい文章をいただいた。そして、この文庫の、装画のSさん、装幀のNさんこそ、スタバト・マーテルのテープを送ってくださり、華麗な毒をふくんだ男性ソプラニストの存在を私に教えてくださった方々なのである。

『青春と読書』一九九六年十二月

繭ごもり

物語の書き手は〈黒衣(くろご)〉であると、長いあいだ、思っていた。作品によって、内部の真実は語りつくしている。書いた人間の素顔など、読者にとっても興味はない、と……。

蚕(かいこ)の紡(つむ)ぎ出す糸は、ときに美しい織物になるけれど、繭のなかの虫は、少しも美しくはない。素顔の私は平々凡々、いくらかでも特徴があるとすれば、素顔を人前にさらすことが、人一倍苦手、ということだろうか。

物語のなかに生きている私こそ本物、日常の私は、仮に人目に見える姿をとっているにすぎない。

生まれついての物語中毒症。物心ついてからこの方、他人の紡いだ物語のなかで生きてきた。この頃は、自分でも紡ぐようになった。……といっても、その糸は、もちろん、自らの身内より吐き出されるものなのだから、体験からくる思考だの、生まれながらの感性、などで作られたものではあるのだけれど。

昭和五年一月二日、というのが、戸籍上の生年月日であり、昭和四年十二月八日、というのが、真実の生年月日である。

出生届がおくれたのは、当時、数え年の習慣のため、十二月生まれは生後一月(ひとつき)足らずで二歳になってしまう、女の子は少しでも若い方が、嫁にやるときぐあいがいい、という親心からであった。

生まれた場所は、京城、梨花洞。父は京城帝大の医学部助教授だった。博士号をとった年に生まれたので、博子と名づけられた。生後三ヵ月で帰国し、以後はほとんど東京なので、生地の記憶は無い。

下北沢に住む。それから渋谷に移る。二つ三つのころらしい。宮益坂の裏に住みそこで父は医院を開業する。いま児童会館があるあたりだ。当時は美竹町といった。

下北沢の家には、祖父、祖母、父の弟妹たちが住んだ。

年子の弟が病弱で、母はそちらにかかりきりになり、わたしは、しじゅう、下北沢の祖母のところにいかされた。断然、こちらの方が居心地がよかった。母親に甘えられないわたしをふびんがって、祖母や若い叔母が、めいっぱい、かわいがってくれた。

冬の夜は、祖母の脚のあいだに足先をはさんで暖めてもらって寝た。

下北沢は、いまみたいなしゃれた〈ヤングの町〉ではなくて、場末じみた場所だった。

著名な児童教育家夫婦が経営する幼稚園に入れられた。

ここで、男の子たちに、徹底的にいじめられた。そのなかの一人は〈志賀〉と、苗字までおぼえているのだから、よほど、いじめは強烈だったのだ。先生は頼りにならず、すべり台に乗せてもらえず、隅の方でいじけていた。

（cf. 拙作短篇「花冠と氷の剣」〈幾人かの、いじけた者たちがいた。彼らは、砂場のすみに小さくなり、シャベルもバケツも確保することができないで、素手で砂を掘っていた。——どういうものか、幼稚園の遊具は、常に絶対数が不足していて、彼らは、物心つくやいなや、自分が人生の敗残者であること、欲しいものは死にもの狂いで奪わないかぎり手に入らないこと、を叩きこまれるのだ。〉）

本ばかり読んでいる子になる。嘘の世界に浸りきる。このころは、もっぱら、外国の童話。紙芝居を見ることは、厳禁されていた。道ばたでやっているのを、つい、のぞいた。青黒い顔の死神みたいなのが、雨戸をはずして入りこもうとしている絵が目にとびこみ、ぞっとした。夜、蒲団に入ったら、その絵が目の前から消えなくて、恐怖のあまり泣いた。盛大に涙を流していつまでも泣いているので、癇癪をおこした母が、枕が濡れないように涙はこのなかにこぼしなさいッ、と小皿をわたした。腹這いになって、小皿に涙を溜めているうちに、眠った。

小学校は近くの渋谷小学校に入らず、いまの東急本店あたりにあった大向小学校に通う。越境入学だ。

周囲との関係が好転した。いじめられることはまったくなくなり、きわめて友好的な雰囲気のなかで、のびのびとすごせるようになった。なぜだか、わからない。

同級生のなかで、父と同業の開業医の子と仲好くなった。彼女の家に遊びにいったら、本物のピアノを、本格的にひいてくれた。ネコフンジャッタしかひけないわたしは、ああ、わたしはピアノを習うには、すでに遅すぎる、と、六歳にして思いこんだ。このころから世には、才能のある人とない人、二種類あり、自分は後者に属すると思うようになった。あきらめの早さは、いまだにつづいている。

本好きは、ますます嵩じた。道を歩きながら読み、どぶに落ち、電信柱につないである馬にぶつかった。そのころはまだ、馬が荷車をひいていた。父が往診に使う車の運転手一家が、すぐ近所に住んでいた。そこの息子、わたしより二つ三つ年上のカッちゃんは、色が浅黒く、眉が濃く、わたしは、とてもすてきだと思っていた。ここには、読みもの雑誌『譚海（たんかい）』があり、『幼年倶楽部』しか買ってもらえないわたしを、冒険探偵譚で堪能させてくれた。

二年生になった春、世田谷の代田に引越した。子供が四人に増えて、父の仕事の邪魔になったからだろう。医院を兼ねた渋谷の家には、祖父たちが移り住んだ。父は、代田から渋谷まで、車で通うことになった。

新しい家は、二階の屋根にのぼりやすい構造で、友だちも集まってきて皆でのぼるから、じきに雨もりするようになった。

近くの小学校に転校した。

渋谷の家にはしじゅう遊びに行き、ここが本の宝庫であることに気がついたのは、そのころだ。待合室に『キング』だの『日の出』だの、患者さんのための読みもの雑誌が備えてある。隅の書棚に、小豆色の表紙の『世界大衆文学全集』が揃っている。叔父の部屋の高い棚には、『現代大衆文学全集』が並んでいる。大人の本は読んではいけないことになっているのだが、祖母は甘いから、みつかっても叱られないとたかをくくり、せっせと読みふけった。『鳴門秘帖』だの、『恋愛曲線』だの、『洞窟の女王』だの、『アッシャア家の崩壊』だの、スリルとロマンの中に明け暮れた。

自宅で読む場合は、トイレが絶好のかくれ処であった。服の下に分厚いのをしのばせて入り、安心して読んだ。おそろしい思いをしたのは、何か通俗雑誌を持ちこんだときである。何げなくページを開いたら、いきなり、焼けただれて半分髑髏になった顔が、見開き二ページいっぱいにあらわれたのである。トイレは、水洗ではなかった。思わず、本を汚濁の深淵に埋葬してしまった。

江戸川乱歩『大暗室』、おそろしい挿画は田代光画伯であった。

ミステリ書きの末端につらなったわたしにとって、乱歩は、大先生である。まことに御無礼申し上げました、とおわびせねばならぬ。

世田谷の家でも、応接間に大きい書棚をおいたので、棚を埋めるために、全集物がどっと買いこまれた。新潮社の世界文学全集、みかん色の表紙の日本文学全集、美術全集、ディケンズ全集、などなどである。もう、舌なめずりした。

まず、とっつきやすそうなディケンズから食べることにした。

ところが、我が家は、渋谷の祖母のところより、監視の目がきびしいのである。母が検閲し、わずか一冊だけが、子供が読んでもさしつかえない本として、許可された。

許されたのは、『漂泊の孤児』。つまりオリヴァー・トゥイストであった。

松本泰訳のこの全集は、宮本三郎画伯のカラー口絵が入っていて、登場人物の名前は、全部、日本人の名に変えてあるという高雅と俗のいりまじった、奇妙なものだった。

口絵の人物は、たしかに英吉利人(イギリス)なのに、名前は、織部捨吉、那須子、水原(すいばら)伝三、湧井珍助……なのである。織部捨吉が、オリヴァー・トゥイスト、那須子はナンシーの訳であると知ったのは、だいぶ後のことだ。

もちろん、一冊だけですむわけはない。草の葉ずれの音にもどきっとする隠密のごとく、足音に耳をすませながら、ソファのかげに身をしのばせて、読んだ。

ノートにこっそり〈お話し〉を書きはじめたのは、このころからだ。ノートの上半分に絵を描き、下に物語を書いていた。（池波先生、このころ書いていたのは、時代物です。吉川英治『左近右近』のまねみたいなものを書いていた記憶があります。）

五年になるころから、大衆の二文字の無い小説をかじりはじめた。全部理解できたはずはないのだが、人間の深部に降りてゆくおもしろさは、はるかに陶酔的だった。ストリンドベリに惹(ひ)かれ、ロシアの小説に惹かれた。結婚した叔母の家には世界戯曲全集、隣りの家には坪内逍遥訳のシェイクスピア全集と、身辺、百花繚乱。全集物以外にも、ジュリアン・グリーンの『閉された庭』、ブールジェの『死』、『弟子』なども手近にあり、日常を超えた世界を逍遥させてくれた。

一番嫌いな、軀を使うことをしなくてはならなくなったのは、女学校入試のためである。戦争が拡大していた。御国のために体位向上という方針からか、学科試験は廃止、内申書の提出と口頭試問、運動テストのみであった。この最後のが、わたしには大難関なのだ。走れば、びり。跳べば、転ぶ。ボールがとんできたら、受けとめないで逃げる。鉄棒は前まわりも後まわりもできない。縄とびはお持ち専門。お手玉、できない。毬つき、できない。

娘のこういう不甲斐なさを知っている母親は、知人である体操教師に個人的訓練をたのんだ。廊下の鴨居に鉄棒ならぬ木棒がとりつけられ、懸垂の練習をさせられた。小学校の校庭を走りまわらされ、ボール投げをやらされた。げにありがたき親心だが、本人は、スポーツに関しては根性も意地も欲も、まったく持ちあわせずぼけーっとしているので、教師は絶望した。

こういう子は、クラスに必ず一人や二人はおり、わたしは、その希少価値のある一人だったのである。

口頭試問のときは、はきはき答えなさい。わからないことは、わからないと、はっきり言いなさい、と教えられたので、試験当日は、試験官である女学校校長の前で、声高らかに、わかりません、を連発していた。校長は満月顔貌で禿頭であった。口頭試問が終わり、校庭に出て、待っていた母親に、まず、それを報告した。校長先生、禿げてたよ！　とどなったのである。この漫画的風貌の校長は、感傷的な詩が好きな人で、横瀬夜雨(やう)をことに好み、講話のとき、センチメンタルな声で、「行けども行けども帰らざる　人を送りて野は青く　野は青くして乱れとぶ　花の行方はまぼろしの」などと朗誦した。わたしもそのころ夜雨の定型詩は大好きだったから――十二歳の少女だもの――満月校長にちょっと好感を持ったけれど、しかし、いい年の男の大人が、こういうのを好きなのかと、異和感もおぼえた。……と、こう書けるのは、わかりませんの連発と惨憺たる体操実技にもかかわらず、何のまちがいか、合格してしまったからである。都立第三高女、いまの駒場高校。

野暮でもの固くて、国策遵守の校風であった。校是は〈良妻賢母〉だ。空襲で焼ける前は、この野暮な学校が、なんと六本木にあった。もちろん、六本木は、いまみたいな街じゃなかった。近くに東洋英和があり、生徒は皆垢ぬけていた。第三の制服は、セーラーで、V字型に深くくれた衿元に胸当てがないのと、黒い大きいリボンが、なかなかよかったのだけれど、戦争がひどくなってきたら、ド野暮なへちま衿の国民服にかえられてしまった。おまけに、カーキ色のゲートルを巻かされた。英和の生徒は、上衣はセーラー、下は折りめのぴんとついたスラックス。この落差！

ゲートルというのは、実に厄介なしろものだった。ぶきようなわたしは、きっちり巻けたためしがなかった。脚は、丸太とは違う複雑な曲線をもっている。それに、細幅の長い布を折りかえしながら巻いてゆく。上手な人は、折りかえした部分がきれいな杉綾(すぎあや)になり、ゲートルが脚になじむが、わたしのは、すぐにゆるんでずり落ちてくる。紐がほどけて地を這う。こんなかっこうで走るより、英和の生徒の、いまのパンタロンみたいに裾口が少しひろがったスラックスの方がはるかに活動的だ。

三年の夏休み、空襲を警戒した両親は、子供たちを母親の実家のある沼津市に疎開させた。実家の近所に家を半分借りた。半分というのは、女家主とその娘が残り半分に住んでいたからである。女家主と娘は、よく似ていた。向かいあって、どてっと坐りこみ、アッパッパの袖を肩までまくりあげ、団扇をつかいながら、口汚なく喧嘩ばかりしている母娘であった。

沼津の女学校に転校した。東京の女学校の内申書を提出したのだが、教師がそれを開いて見て、機嫌の悪い声で言った。

「学科の成績は悪くないのに、操行が『可』とは、どういうことだ」

〈操行〉は、辞書によれば、〈規律にしたがったかどうか、などの観点からみた、その人の生活態度〉である。

それが〈可〉！　可、不可の可ではない。秀、優、良、可の採点法による可、最低ランクである。

えっ、えっ、わたしが何をしたっていうの。ずいぶん猫かぶって、おとなしくしていたつもりなのに。黙想の時間に、眼をつぶったまま、メダカ、メダカ、トンボ、ゼッペキ、と、つぶやいたのを、きかれてしまい、にらまれたのだろうか、メダカもトンボもゼッペキも、担任の渾名である。メダカは、正確に言えば、〈メダカの干物〉であった。

でも、あれはクラスで流行っていたので、わたし一人がやったのではない。「黙想」とメダカが号令をかけ、教室じゅうがしずまると、どこからともなく、メダカ、トンボ、ゼッペキ、と、声をひそめたささやきが、微風が草をさわがすように、波立つのである。くちびるをほとんど動かさず声を発する。だれと指摘できなくて、教師は業を煮やしていたのかもしれない。

それにしても、わたし一人が〈可〉なんて、あんまりだ。これでは、しっかり、不良少女ではないか。いまなら、不良、かっこいいじゃないなどとうそぶけるが、身におぼえのないレッテルだから、当時はずいぶん傷ついた。

沼津の女学校の教師は、わたしにきわめて冷淡な態度をとるようになった。悪の巣東京から、とんでもないバチルス菌みたいなのがやってきて、淳朴な生徒に悪影響を与えるとでも思ったのだろうか。

ここにおいて、幼稚園のいじめが復活した。暴力でいじめるわけじゃないが、無視され、孤立した。――わたしのひがみかな……。

唯一、味方になってくれたのが、クラスで不良と評判のある、大柄な美少女だった。成熟した女の色気をもっていた。いつも、お伴が一人、したがっていた。不良少女がわたしに好意をみせるのが、侍女には、非常に不愉快だったのだろう。敵意のこもった目をひそかに、わたしにむけつづけた。

空襲はいっこう激しくならないので、東京に戻ることになり、わたしと不良少女は、つきぬ名残りを惜しんだ。

出戻りして数ヵ月後、年がかわった春、下町が大空襲を受けた。今度は、父の郷里、宮城県の白石に疎開することになった。

東京育ちのわたしに、田舎の生活は強烈な体験だった。敗戦まで、半年ほどを過ごしたにすぎないのだが、辛さもたのしさも、鮮烈だった。具体的に書くには紙数が足りないから、はしょる。

敗戦後、東京に戻り、もとの女学校に復学、それから東京女子大の外国語科に入学。

病気のため、二年で中退。

しばらく家にいて、結婚。

ハヤカワ・ポケット・ミステリが発刊されたのは、この頃だと思う。貸本屋で借りて読みふけった。クイーン、クリスティー、カー、クリスティアナ・ブランドなど、オーソドックスなミステリに耽溺（たんでき）した。

突然、堰（せき）を切ったように、書きはじめたのは、昭和四十七年ごろだ。

書くようになったきっかけは何か、と、しばしば訊かれるのだが、これと、はっきり言えるきっかけは、ない。読みふけっているうちに培われたものが、自然に形をとって溢れ出した、としか言いようがない。

いわゆる文学少女ではなかった。読むことは好きでも、同人誌というものがあることすら知らず、溢れ出して形となったものは、公募しているところに送ってみるしかなかった。

児童物を書き、それが出版されると決まったころ、江戸川乱歩賞に応募した作品が最終候補に残った。落選したが、そのとき、選考委員の一人、南條範夫先生が、『小説現代』の編集長に、小説が書けそうだから書かせてみろと、すすめてくださったのだそうだ。小説現代新人賞に応募するように言われ、一度めは最終候補どまり。もう一度とはげまされて書いた「アルカディアの夏」が、受賞した。

それから商業誌に書くようになり、はじめのうちは、犬かきも知らないのに背のたたない海に放り出されたようで、あがいていた。

書きたいように書いて、だめならもともと、と思い、我儘な仕事をしていた。そのうち、ミステリの注文が増えた。

ようやく腰が据わり、自分の好きな世界を書きながら読者との接点を持てるようになったと感じたのは、一昨年、『壁——旅芝居殺人事件』を書いたときからだ。これは、昨年、推理作家協会賞長篇賞を受賞した。

ひきつづいて、新潮社の編集者から、好きな題材で、好きなように書きなさいと言われ、書き上げたのが、今回直木賞を受賞した『恋紅（こいべに）』である。

書くことに腰が据わったと自覚できたときの受賞であるだけに、非常に力強いはげましとなっている。

これからも、好きな世界を描きつづけて行くだろう。そのなかで、共感を持って、主人公たちと束の間の生を共にしてくださる読者に恵まれたら、物語の紡ぎ手としては、この上なく嬉しい。

「自伝エッセイ」『オール讀物』一九八六年十月

あとがき

何々というテーマでエッセイを、と編集の方から依頼されることがしばしばあります。〈エッセイ〉の意味するところを厳密に考えると、とても私の力の及ぶものではありませんが、〈雑文〉程度の意味で用いられることが多いようです。〈随筆〉を、と言われることはあまりないのです。〈随筆〉は、エッセイとほぼ同義に用いられていますが、微妙にニュアンスが違うと感じられます。そうして、これもまた、私には書けないのです。すぐれた随筆は、文芸の〈芸〉の力を持っています。

依頼に応じてその場しのぎに書いた小文は、とうてい〈随筆〉の名に値しません。しかもそれに〈精華〉とついてしまったので、当人は身のすくむ思いです。〈雑文集〉というのがもっとも適した総タイトルです。

小説を書くのは、私の場合、いわば特殊なメークをして舞台に立った役者の演技です。雑文のほうは薄化粧する余裕さえなく、浴衣がけの素顔で迂闊にも人前に出てしまったというふうです。同じような設問に、同じような答ばかり書いている……と、恥ずかしくなります。

唯一、新聞に十回連載した〈美少年十選〉は、一篇一篇はごく短いのですが、絵画、彫刻などの美術と詩や戯曲などの文章を結ぶ遊びができて、楽しい仕事でした。

第四部にやや長めの紀行文が二篇載っています。これは日本交通公社（後にＪＴＢ）から刊行されていた『旅』という雑誌に寄稿したものです。この二篇とは別に、やはり『旅』誌のグラビアに紀行文を載せたことがあります。編集者と一緒に温泉地に行き、土地の名物料理を食べて、その次第をエッセイに綴るという、まことに結構な企画なのですが、生憎、私は旅行が苦手で、温泉も宿屋の食事もあまり興味がない。豚に真珠、猫に小判なのでした。混浴の露天風呂に、初めて入りました。混浴といっても、突き出た岩などでさりげなく仕切られている。同行の旅慣れた女性編集者は先に立って湯に入りかけたのですが、突然、「あ、見られた！」と叫んで、出歯亀野郎を怒鳴りつけにすっ飛んで行きました。囲いの竹垣の隙間から覗いていたそうです。

〈あとがき〉も苦手な一つなのですが、今回も大変なご苦労をおかけした編纂者日下三蔵さん、私の記憶が曖昧な点を国会図書館まで足を運んで調べてくださった担当編集者岩﨑奈菜さんにお礼を申し上げるためには、この場がぜひとも必要です。

日下さんの発掘力編纂力のおかげで、若い読者が旧作にも興味を持ってくださるようになりました。作品は読者がいなければ消滅します。甦らせてくださる日下三蔵さん、熱意を持って協力してくださる編集の方々、そうして美しい造形をしてくださる柳川貴代さん、装画を提供してくださる方々に、深くお礼を申し上げます。今回は新倉章子さんに装画をお願いしました。水墨画の手法を用いながら独特の新しい魅力を創り出す御作に惹かれていました。ご承諾いただき、嬉しゅうございました。

本書を手にとってくださる方々にも、深くお礼を申し上げます。
みなさま、ありがとうございます。

二〇二〇年八月

皆川博子

編者解説

日下三蔵

一九七二年十月に最初の著書『海と十字架』(偕成社)を刊行してから二〇二〇年八月現在までで、皆川博子のオリジナル著書は百冊を超えているが、そのうち小説以外の本は三冊しかない。

A『摂　美術、舞台そして明日』00年9月　毎日新聞社
B『辺境図書館』17年4月　講談社
C『彗星図書館』19年8月　講談社

『毎日新聞』日曜版に連載されたAは、舞台美術家・朝倉摂の仕事をテーマにした美術ノンフィクション。BとCは『インポケット』から『群像』に移って連載継続中の読書エッセイの単行本化である。つまり、さまざまな媒体に発表されたエッセイを収録した一般的な意味での「エッセイ集」は、これまでにひとつも出ていなかったのだ。

もっとも、エッセイがまったく本になっていない、という訳ではない。二〇一三年から一七年にかけて出版芸術社から刊行した《皆川博子コレクション》(全10巻)のうち、六巻、七巻、八巻の三冊に付録として二十六篇のエッセイを収録している。

実はこの時、出版芸術社の池田真依子さんの協力を得て、手元に百二十本ほどのエッセイが集まっていた。そこから選んでの二十六篇だったのだ。これをお読みいただいた方には賛同していただけると思うが、皆川博子は小説だけでなく、エッセイも抜群に面白い。ご本人は常々、「エッセイは苦手なのよ〜」「なるべくお断りするようにしているんだけど……」「恥ずかしいわ」などとおっしゃるのだが、全然そんなことありませんから！

皆川さんのエッセイは、基本的に「好きなもの」について語っているものが多く、読者にもその熱が伝わってくるのだ。小説、演劇、映画、絵画などに留まらず、日常のちょっとした出来事、旅の思い出、書いてみたい作品の題材に至るまで、あつかうテーマはさまざまでも、そこには皆川博子の個性が横溢している。

二〇一八年に河出書房新社から特集本『皆川博子の辺境薔薇館』が出た時に、担当編集者の岩﨑奈菜さんから著作リストの作成を依頼され、小説とエッセイを可能な限りリスト化したが、エッセイに関しては調査不十分で、本に載せることは出来なかった。だが、集めたエッセイはどれもこれも面白いので、エッセイ集を作ることを目標に岩﨑さんと探索を続け、いまのところ三百本あまりが見つかっている。そこから九十四篇を選んで一冊にまとめたのが、本書なのである。

大まかなテーマに沿って全体を四部に分け、それぞれの間に短い連載やアンケート回答を配置したので、合計七つのブロックに分かれている。初出については各篇の末尾に記したが、エッセイのテーマや掲載時の特集名、コーナー名などについても、そこに付記してある。

第一部には、自作を含む小説作品や作家についてのエッセイ三十一篇を収めた。「マドレーヌのひとかけら」が収録された井上ひさし編の『「ブラウン神父」ブック』（春秋社）は第四十回日本推理作家協会賞の候補にもなった名著。「少女のビルドゥングス・ロマン」の初出誌『波』は新潮社、「『死の泉』を書き終えて」などの初出誌『新刊展望』は日販、「いつまでたっても」の初出誌『一冊の本』は朝日新聞社のＰＲ誌である。「いつまでたっても」で言及されている俳優で画家の米倉斉加年（まさかね）氏は、第三短篇集『祝婚歌』（立風書房）の装画を担当している。「『冬の旅人』の旅」などの初出誌『インポケット』は講談社の文庫情報誌。

八七年に『時のアラベスク』で第七回横溝正史賞を受賞した服部まゆみは完成度の高い幻想ミステリをいくつも発表したが、惜しくも二〇〇七年に亡くなった。皆川博子とはお互いに良き理解者であり、服部まゆみの長篇『この闇と光』角川文庫版に皆川博子が寄せた解説と、皆川博子の短篇集『愛と髑髏と』集英社文庫版（角川文庫版にも再録）に服部まゆみが寄せた解説は、それぞれの著書の解説の中でも白眉と言えるものであった。「病を押して、事実を淡々と」は二人の関係がうかがえる一篇である。

最初の幕間は、『読売新聞』の連載コラム「私のヒーロー＆ヒロイン」全五回。

第二部には、歌舞伎、演劇関係のエッセイ二十一篇を収めた。「二つの出会い」は『オール讀物』「絵入りずいひつ」コーナーの掲載で、初出では著者自筆のイラストが添えられていたが、今回、「恥ずかしい」とのことで、どうしても収録のお許しはいただけなかった。読者の皆さまには編者の力不足をお詫びしたい。

「鈴ヶ森――江戸歌舞伎、主役の道」が収録された単行本『新東海道物語――そのとき、街道で』は『日本経済新聞』に掲載された諸家のエッセイをまとめたものなので、初出が別にある可能性は高いが、編集作業中に特定することが出来なかった。単行本への新規書下しもあるようだが、どれが新稿であるかの記載がない。ここでは暫定的に単行本のデータを記しておく。

二つ目の幕間は、『日本経済新聞』の連載コラム「美少年十選」全十回。短いものだが、各回に図版が挿入されていて読み応えがある。

第三部には、旅をテーマにしたエッセイ十四篇を収めた。「伊勢・花の旅」初出誌の『瑞垣(みずがき)』は伊勢神宮の神宮司庁の広報誌。「国境」などの初出誌『銀座百点』は銀座百店会の、「暗合の旅」初出誌『本』は講談社のPR誌である。「ダブリンからスライゴーへ」の初出誌『PHPほんとうの時代』はPHP研究所のシニア向け月刊誌。「暗合の旅」に登場する『薔薇密室』『倒立する塔の殺人』は、後に本当にそのタイトルの作品が書かれている。

三つ目の幕間には、本についてのアンケート回答九つを集めてみた。「22世紀に遺したい『この一冊』」初出誌の『本が好き！』は光文社の、「岩波文庫創刊90年記念　私の三冊」初出誌の

『図書』は岩波書店のＰＲ誌である。

第四部には、ルポルタージュや自伝など、長めのエッセイ四篇を収めた。「幻花の舞」で言及されている短篇「流刑」は『巫子』（学習研究社／学研ホラーノベルズ→学研Ｍ文庫）に収録されている。「繭ごもり」は直木賞受賞を記念して書かれた自伝エッセイ。著者の作家としてのスタンスの表明ともいうべき一篇で、《皆川博子コレクション》に入れられなかったことをずっと悔やんでいたので、こうして収録の機会を得ることが出来て本当にうれしい。

恥ずかしい、恥ずかしいと言いながら、刊行のお許しをくださった皆川さん、物凄い探索力で未刊行エッセイを発掘してくれている河出書房の岩﨑さん、そして何より皆川作品を愛する読者の皆さまに、お礼申し上げます。

幸いにして本書が読者の支持を得ることが出来れば、続けて書評や文庫解説を集成した一巻、あるいは回想や幼少期のエピソードを綴った自伝的なものを中心とした一巻などを、《皆川博子随筆精華》シリーズとして編んでいきたいと思っています。どうか、ご声援のほど、よろしくお願いいたします。

（くさか・さんぞう　ミステリ評論家）

皆川博子（みながわ・ひろこ）

一九三〇年生まれ。七二年『海と十字架』でデビュー。七三年「アルカディアの夏」で小説現代新人賞を受賞後、ミステリ、幻想小説、時代小説、歴史小説等、幅広いジャンルで創作を続ける。八五年『壁――旅芝居殺人事件』で日本推理作家協会賞、八六年『恋紅』で直木賞、九〇年『薔薇忌』で柴田錬三郎賞、九八年『死の泉』で吉川英治文学賞、二〇一二年『開かせていただき光栄です』で本格ミステリ大賞を受賞。一三年日本ミステリー文学大賞、一五年文化功労者。

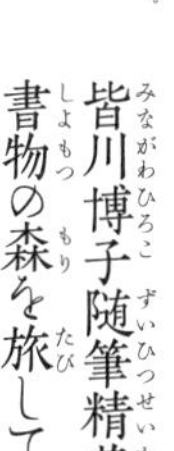

皆川博子（みながわひろこ）随筆精華（ずいひつせいか）
書物（しょもつ）の森（もり）を旅（たび）して

二〇二〇年 九 月二〇日 初版印刷
二〇二〇年 九 月三〇日 初版発行

著　者　皆川博子
編　者　日下三蔵
発行者　小野寺優
発行所　株式会社河出書房新社
〒一五一―〇〇五一 東京都渋谷区千駄ヶ谷二―三二―二
電話　〇三―三四〇四―一二〇一（営業）
　　　〇三―三四〇四―八六一一（編集）
http://www.kawade.co.jp/

本文組版　株式会社創都
印刷・製本　三松堂株式会社

Printed in Japan
ISBN 978-4-309-02915-3